AEAA

Autocorrupção
Egofobia
Autoconhecimento
Autodidatismo

Encurtando a distância
entre o que somos
e o que podemos ser

Eduardo Vergara

AEAA

Autocorrupção
Egofobia
Autoconhecimento
Autodidatismo

Encurtando a distância entre o que somos e o que podemos ser

LGE Editora

Brasília, 2009

LGE Editora Ltda.
SIA Trecho 03 Lote 1.760 – Parte A
Tel.: (61) 3362-0008 – Fax: (61) 3233-3771
lgeeditora@lgeeditora.com.br
www.lgeeditora.com.br
www.lojalge.com.br

EDITOR
Antonio Carlos Navarro

ASSISTENTE EDITORIAL
Nelson de Oliveira

ARTE DA CAPA
Eduardo Vergara

REVISÃO
Cecília Vergara e
Renata Vargas Amaral

DIAGRAMAÇÃO
Editora Tribo da Ilha (tribodailha@hotmail.com)

DESIGN DA CAPA
Eduardo Vergara

IMPRESSÃO E ACABAMENTO
LGE Editora Ltda.

Dados Internacionais de Catalogação na Publicação (CIP)

Vergara, Eduardo.
AEAA: Autocorrupção, Egofobia, Autoconhecimento e Autodidatismo – Encurtando a distância entre o que somos e o que podemos ser. Eduardo Vergara . – Brasília : LGE Editora, 2009.
167 p.

ISBN 978-85-7238-400-1

1. Literatura brasileira. 2. Autoconhecimento; autodidatismo. I. Título.

CDU 37-041

Impresso no Brasil

SOBRE O AUTOR

EDUARDO VERGARA

Eduardo Vergara é Profissional de Propaganda desde 1984, atua como Diretor de Marketing na Gasol Combustíveis há 15 anos, é Presidente do IBIT – Instituto Brasileiro de Inteligência Tecnológica, é Fundador e Gestor do NAGesP – Núcleo Acadêmico de Gestão Pública da UDF, há 6 anos é editor da revista *Ciência, Cultura e Saúde em Primeira Página,* é Fundador e Colaborador do projeto Bibliotecas Casa do Saber, é Membro da Comissão Nacional dos Direitos Humanos, é Conselheiro do Projeto Rondon, é pesquisador autônomo da consciência e promove a pesquisa e o debate sobre o desenvolvimento social sob os parâmetros da ética, da liberdade e da responsabilidade.

ANTES

Leia este livro com uma visão crítica, questionadora e prática. Não há nenhuma pretensão de que ele se torne a verdade para ninguém, mas sim, uma referência humana baseada na experiência pessoal e profissional.

HETEROCRÍTICA

O ponto de vista diferenciado é um dos mais importantes instrumentos para promover a melhoria de processos, produtos ou serviços. Por isso, sinta-se à vontade para discutir as informações contidas neste material através do e-mail *aeaa.br@gmail.com*.

AGRADECIMENTOS

Dedico este livro aos amigos, médicos e pesquisadores da consciência do CEAEC – Centro de Altos Estudos da Consciência, sem os quais não haveria possibilidade de desenvolver os estudos aqui apresentados, e aos pesquisadores de todas as empresas nacionais e internacionais que dedicam esforços às pesquisas do aperfeiçoamento da Consciência, bem como às companhias que submeteram suas equipes aos trabalhos que serviram de subsídios para a finalização deste material. Um especial agradecimento ao Dr. Luiz Imbroisi, pesquisador autônomo e grande parceiro de inúmeras análises sociais nos últimos 15 anos, Conselheiro do IBIT e Diretor Financeiro da Gasol Combustíveis, à minha irmã Cecília Vergara e à professora Renata Vargas Amaral, pacientes revisoras, e à minha família, o laboratório de experiências pessoais de maior relevância que pude perceber ao longo da vida.

Autocorrupção – É todo pensamento ou atitude que temos consciência ser um erro, de consequências negativas, mas, mesmo assim, pensamos e agimos.

Egofobia – É o medo que temos de assumir e enfrentarmos o que somos no íntimo, a essência.

Autoconhecimento – É a capacidade que temos de encontrar os nossos traços fortes e fracos com o objetivo do entendimento íntimo.

Autoditatismo – É o processo de desenvolvimento onde a pessoa promove, por iniciativa própria, o estudo, a auto-avaliação de desempenho e a autocrítica em prol de uma melhor condição de atuação.

SUMÁRIO

PREFÁCIO

Vivemos em um mundo de opções. Dentro deste universo, temos a liberdade de escolher pelo "certo" ou pelo "errado", pela felicidade ou pela infelicidade, pela lealdade ou pela corrupção de nós mesmos.

O livro AAEA aparece em um momento extremamente oportuno. O século XXI iniciou-se marcado pelo profundo "perdimento" de valores, de crenças, de responsabilidades, e, sobretudo, pela falta de autoconhecimento e de segurança pessoal. Esse cenário traduz-se, diariamente, em uma exacerbação de egos, em uma multiplicação de pequenas e grandes auto-corrupções, e em um profundo empobrecimento de almas.

Os quatro grandes temas escolhidos, Autocorrupção, Egofobia, Autoconhecimento e Autodidatismo conversam entre si de maneira simples e acessível no corpo de toda a obra, provocando um misto de emoções, levando-nos, inevitavelmente, a realizar autocríticas por diversas vezes durante e após a leitura.

A maturidade intelectual do autor, associada a sua experiência acumulada no tratamento diário desses temas e no trato com os mais diferentes "tipos" de gente, assegurou-lhe um resultado brilhante neste trabalho.

Ao contribuir de maneira objetiva e didática para uma maior compreensão da complexidade dos temas tratados, o livro de Eduardo Vergara deve ter seu mérito destacado por sua corajosa intervenção na vida de seus leitores. Estou segura de que a presente obra receberá grande acolhida de profissionais e leigos que, na busca do aperfeiçoamento de si mesmos, encontrarão no livro respostas aos seus reveses particulares.

Renata Vargas Amaral

Mestra em Direito dos Negócios Internacionais pela Universidad Complutense de Madrid, é Doutora em Direito pela Universidade Federal de Santa Catarina e professora de Direito Constitucional da UDF (Centro Universitário do Distrito Federal) em Brasília.

CAPÍTULO I

Movimento Acelerador da Evolução Pessoal e Profissional

Se quisermos que algo entre em movimento, temos que colocar a nossa energia pessoal para que o objetivo seja alcançado.

ANTES

Observa-se que, para avançar em qualquer estudo sobre a evolução do indivíduo, é importante e inevitável a auto-aceitação sobre quem somos e em qual nível de qualidade pessoal estamos vivendo e nos relacionando. Sem isso se torna difícil nos posicionarmos para o desenvolvimento.

Reconhecer o ponto de partida para evoluir está relacionado com o entendimento situacional de si mesmo dentro do universo de caminhos e oportunidades diferentes que é a nossa vida.

Com essa visão mais ampla e clara, há como definir melhor o que queremos, decidir o que fazer, avaliar as possibilidades para a execução e escolher o melhor caminho para a realização.

Portanto, estar ciente da própria realidade se configura a base de toda a construção que estamos nos propondo a fazer.

Alvos determinados neste estudo:

1) autoconhecimento;
2) competência e agilidade profissional;

3) mecânicas para o desenvolvimento contínuo das habilidades, da compreensão e da ética;

4) mecânicas para a percepção de autocorrupções e egofobias.

TRABALHO – A IDENTIFICAÇÃO DAS OPORTUNIDADES DENTRO DA EMPRESA

Ampliar a visão sobre os ambientes nos quais estamos inseridos e dar especial atenção sobre o clima organizacional da empresa em que trabalhamos faz parte do entendimento sobre o cenário no qual estamos inseridos e facilitará muito a visualização do que queremos transformar.

O objetivo desse exercício é identificar as oportunidades de evolução que passam a existir já no momento em que se iniciam os estudos. Essas oportunidades, criadas por nós mesmos, mostram o quanto há de versatilidade no poder de provocar mudanças de rumos. **De hoje para amanhã, por exemplo, é possível mudar nossa maneira de agir de modo tão significativo que será percebido por qualquer pessoa. Basta que queiramos adotar um novo padrão e mudar.**

POTENCIAL DE DESENVOLVIMENTO

Quando adotamos uma nova postura, composta por atitudes que enobreçam o relacionamento entre as pessoas envolvidas em todos os aspectos da família e da empresa, tanto internos quanto externos, abrimos um corredor de oportunidades antes inexistente, que acabam proporcionando um novo dinamismo e força aos movimentos, o que potencializa o desempenho e traz resultados muito mais expressivos.

AVALIAÇÃO

Em que ponto está o seu conhecimento de uma forma geral?

Sem usar a idade como indicador, qual a sua experiência de vida?

FÓRMULA DO DESENVOLVIMENTO

CONHECIMENTO TEORIA + AÇÃO PRÁTICA + EXPERIÊNCIA ERROS E ACERTOS = VALOR

A base de qualquer boa prática – execução de um trabalho – é o conhecimento, a parte teórica (manual de instruções) que orienta a pessoa sobre as técnicas que devem ser usadas para a realização da tarefa. Sem a parte teórica desenvolvida, a tendência é fazer empiricamente e refazer o trabalho várias vezes, mais do que o necessário, até que ele seja considerado bom, num processo que às vezes leva, repetitivamente, a vida inteira.

A prática sem o conhecimento impede o desenvolvimento de tecnologias de maior qualidade para a realização do trabalho, mantendo a pessoa numa mesma função eternamente, o que é muito comum.

Importa estudar e compreender a teoria se quiser maiores chances de sucesso na prática do dia-a-dia.

Quando a prática é baseada no conhecimento teórico, é obtida uma experiência que vale ouro e que pode melhorar o desempenho pessoal todos os dias – é o que chamamos de aperfeiçoamento.

Essa experiência vai criando o chamado "expert" no assunto, sempre solicitado quando os problemas se tornam mais difíceis e complexos.

Por outro lado, a teoria sem a prática não serve para muita coisa.

TORNAR REAL A TEORIA / REAL + AÇÃO = REALIZAÇÃO

O maior problema de toda filosofia conhecida desde a história mais antiga da humanidade é que ela não se tor-

nou prática em nenhum momento. Por isso a filosofia é algo tão complexo, imensurável e normalmente sem o menor resultado quanto à evolução efetiva do ser humano comum.

A proposta aqui é diferente. RealizAÇÃO! Se na teoria ser gentil e dar um "bom dia" é algo positivo para todos, torne essa atitude uma ação prática e contínua no seu dia-a-dia. Assim, estará realizando algo efetivamente. E, mesmo sendo essa atitude muito simples, ela se torna importante e destacada para todos que a recebem. Basta que seja feita.

DOIS BONS AMIGOS

O exemplo dos dois bons amigos demonstra o quanto faz diferença a prática dentro da composição da experiência. Sim, a experiência é uma composição de situações práticas. Não há experiência sem prática.

Dois amigos diante de situações de risco sempre exibiam sentimentos e comportamentos diferentes. Um era comedido, sempre agia com responsabilidade e segurança sem colocar em risco a integridade pessoal. O outro era meio atirado, gostava de desafios.

Um dia, diante de um evento desconhecido chamado de Mafuá – nuvem de onde saem estrelas e palavras que simulam barulho nas brigas e confusões em desenhos animados – enquanto o mais atirado morria de curiosidade para saber o que estava acontecendo, o amigo comedido já descartava a possibilidade de investigação, alegando que uma situação como aquela era claro que não iria dar certo. Ele tinha razão, não deu. O atirado, que pagou para ver, voltou do evento bastante abalado física e emocionalmente, e foi muito criticado pelo amigo que havia alertado sobre os perigos daquele experimento.

Passaram sessenta anos e centenas de mafuás complexos e obscuros se apresentaram nas vidas dos dois amigos. O comedido, recluso na excelência do seu sistema de segurança pessoal, nunca investiu no desconhecido, enquanto o atirado colecionava imensas cicatrizes provenientes da herança de suas aventuras nos mais diversos mafuás.

Na sua visão, qual dos dois amigos se deu bem? O que viveu a vida sem as adversidades e chegou ao fim sem os traumas do desconhecido, ou o mais atirado recheado de cicatrizes provenientes das experiências mal sucedidas? Faça um teste e responda antes de prosseguir.

Um dia o amigo aventureiro entrou num mafuá em condições muito difíceis, com tudo para dar errado e saiu ileso. O amigo responsável indagou – Ué? Como conseguiu sair dessa situação sem se machucar? A resposta foi clara e sem rodeios – Eu aprendi.

De maneira consciente e bem tranquila o amigo atirado explicou que de tanto viver experiências complexas e difíceis, acabou entendendo vários mecanismos lógicos para solucionar os problemas encontrados.

Diante da insistência do comedido em saber que soluções eram aquelas, o amigo do risco teve que dar a má notícia: não adianta lhe passar as minhas soluções porque sou diferente de você. Todos os experimentos que fiz podem não funcionar porque somos bem diferentes um do outro. Além disso, fica difícil transformar sessenta anos de experiências em receituário teórico de sucesso. Eu ainda não sei fazer isso.

Vale ressaltar que a oportunidade de desenvolvimento estava exposta aos dois o tempo todo. A posição de cada um é que resultou em progresso ou atraso. Infelizmente, para o nosso amigo comedido os sessenta anos passados não voltam, o tempo já era, foi.

Que tipo de pessoa é você?

A idéia aqui não é pregar o exercício do risco e promover o pulo da janela do 20º andar para ver o que acontece, mas sim, levar em consideração as diferentes alternativas de respostas às mais diversas situações como fonte de experiência. Não sabemos de tudo, mas podemos avançar muito se quisermos.

Thomas Edson, fundador da gigantesca GE – General Electric, em 1878, tentou por mais de 1000 vezes criar a sua mais famosa engenhoca – a lâmpada. Imagine se ele tivesse desistido na 5ª experiência?

AS BARREIRAS

Antes de prosseguir, faça um exercício prático, por escrito e enumerado, de identificação das barreiras que impedem o seu desenvolvimento pessoal. Durante os estudos que seguem, procure planejar como vencê-las.

O MEDO

O medo, aqui relacionado à falta de coragem e à pregação de uma ilusória incapacidade diante dos problemas naturais da vida, é, normalmente, a principal causa responsável pela desmotivação em prol do desenvolvimento pessoal e profissional.

Nenhum de nós tem a tal da incapacidade de que tentamos nos convencer. Aceitamos isso porque é mais fácil ser incapacitado para a ação do que assumir a responsabilidade do próprio desenvolvimento. Esse aceite é um processo de autocorrupção. Em verdade, o que pode haver é a falta de habilidade para fazer acontecer e esse alcance é só uma questão de tempo e treinamento.

Estarmos diante de dificuldades é o momento ideal de aproveitar a oportunidade de achar soluções. **Soluções só são encontradas onde existem problemas**.

Dentro do processo evolutivo faz parte enfrentar as dificuldades e encontrar soluções para superá-las.

Essa experiência é que nos credencia a viver situações cada vez mais complicadas e consequentemente soluções mais sofisticadas.

A movimentação contínua proveniente dessa postura nos dá mais prática, experiência, segurança, maturidade e valor.

Problemas antigos que consideramos monstruosos, vão parecer muito pequenos e fáceis de serem resolvidos. Isso ocorre porque, com a experiência, já saberemos como resolvê-los, devido à vivência das situações sem o medo do confronto.

Da mesma forma. Considere a empresa como o seu lugar de aprendizado, vá um pouco mais longe e **considere a sua vida a grande escola. Se deixar de vivê-la, não aprenderá nada**.

Somos todos capazes de atingir o que quisermos.

Vários estudantes brasileiros considerados gênios já foram vencedores de olimpíadas de matemáticas internacionais. Por isso, muitas portas para o desenvolvimento já se abriram para eles. O Instituto Tecnológico de Massachusetts, nos EUA, por exemplo, um centro universitário privado de educação e pesquisa, sempre guarda bolsas de estudos para esses talentos. Os investimentos nos alunos supera muitas dezenas de milhões de dólares e 3 em cada 4 estudantes recebem ajuda financeira mensal da instituição. Assim, o Instituto já abocanhou 47 prêmios Nobel. A cearense Larissa Cavalcante Queiroz de Lima, por exemplo, medalha de prata nas olimpíadas de 2002 na Inglaterra, de 16 anos, já ganhou uma bolsa na referida Universidade. Vários desses pequenos gênios revelam que o segredo está na dedicação ao estudo e não em um suposto talento nato. A pergunta é: **se estudasse a matéria de seu gosto pessoal por 10 anos seguidos durante 6 horas por dia, o que aconteceria com você?**

Evoluir é uma questão de postura pessoal. E você, pelo livre-arbítrio que ninguém pode lhe tirar, pode adotar a postura que quiser para o seu desenvolvimento.

O medo é um dos fatores anti-evolutivos mais perversos e faz com que as pessoas, muitas vezes em pânico por conta do desconhecido, simplesmente desistam de prosseguir em seus investimentos pessoais e profissionais.

Existe o medo de fazer as coisas por não saber como as pessoas do seu círculo de vivência vão reagir. O medo de experimentar situações novas por não saber o que vai acontecer. O medo de falar a verdade porque alguém pode julgá-lo erroneamente. O medo do enfrentamento das responsabilidades sobre si mesmo. O medo de pressões da família e amigos.

Em outra linha, existe, também, o terrorismo empresarial, cuja moeda é o medo. A ameaça de perder o emprego feita por muitos empresários, diretores, supervisores e gerentes é o principal argumento para pressionar as pessoas a fazerem o trabalho. Esse é um jeito pobre de fazer com que os profissionais produzam.

Em lugares onde há pouca educação e o respeito não é conquistado naturalmente, e sim por meio da aplicação do medo (dos pais, do chefe ou do Estado), lançar mão da utilização da ditadura como ferramenta para manter a ordem, criando um modelo viciado em pressão, acaba sendo uma necessidade. E se não fosse essa configuração, possivelmente viveríamos sob a tensão da anarquia e da injustiça generalizada. Ou seja, **a tirania, um modelo pré-histórico de coerção, enquanto não há educação, é uma saída para os menos sábios**.

Avaliar o nível de conhecimento das pessoas e entender sobre o ponto certo de se fazer ser respeitado pelo moral é o que poucos dirigentes conseguem fazer. E, discernir sobre a fronteira do mando, do controle, da pressão e do medo é uma tarefa quase impossível para a grande maioria.

Sob este tipo de condução no campo empresarial, **a tendência é haver uma produção medíocre que reflita apenas a necessidade do chefe, o suficiente para manter o colaborador empregado.** A reação dessas pessoas quanto ao modelo de administração por comando e controle dentro da estrutura da companhia pode gerar fissuras institucionais de grande relevância e imensuráveis. Isso ocorre porque no final das contas o que faz uma empresa realizar e a qualidade do feito são as pessoas que nela trabalham. E, se há problemas com esses colaboradores, o serviço ou produto final da companhia estará comprometido. Além de obter uma produção abaixo da real possibilidade, é usual para a maioria dos chefes o ato de não medir as consequências de tal modelo sobre as pessoas e na cultura organizacional da empresa, que é a referência sobre o comportamento para quem ingressa no quadro de funcionários.

AVALIANDO O AMBIENTE PROFISSIONAL

A expressão "Ambiente Profissional" é por si só referência ao conjunto de pessoas que trabalham em um determinado local.

Existem espalhados por aí diversos tipos de ambientes profissionais que foram construídos com o decorrer do tempo pelas pessoas que os ocupam. Ou seja, são elas que fazem o "clima" de onde trabalham.

Portanto, a qualificação dos ambientes é feita pelas pessoas que os habitam.

O McDonald´s, apenas como referência bastante conhecida de todos, tem seu ambiente próprio institucionalizado e deixa muito claro o padrão que seus trabalhadores adotam. Velocidade, limpeza, qualidade dos produtos, atendimento, entre outros aspectos que são facilmente percebidos e lembrados.

Por outro lado, a lanchonete da esquina, por exemplo, que tem padrões de baixa qualidade com pouca gente para atender, insetos no local de armazenagem dos sanduíches, os produtos são servidos frios, o banheiro fede, o balconista está sempre de mau humor e nunca tem "ketchup". Esses são elementos facilmente reparados e marcados na memória de qualquer pessoa mais bem informada. Não raro, nos encontramos diante de ambientes assim.

PADRÃO

Em que tipo de ambiente você gostaria de trabalhar? Esse clima precisa ser construído por você e os colegas de trabalho. A liderança deve entender isso muito bem, pois a ela é delegada a parte de responsabilidade para a formação de um bom ambiente.

Quando o ambiente profissional está formado com alto padrão de qualidade, os novos empregados acabam se adaptando a ele. É assim que as empresas conseguem manter e até desenvolver o nível da qualidade em seus locais de trabalho. Quem chega depois acaba se adaptando ao formato já adotado.

Do mesmo modo acontece com aquela companhia que não tem qualidade em seu ambiente profissional. Todos que chegam se adaptam e colaboram para baixar ainda mais o padrão.

Isso ocorre porque **as pessoas se sentem autorizadas a agir conforme o padrão de comportamento encontrado no local**.

O AMBIENTE E A TECNOLOGIA

A diferença básica entre o passado e o presente são as novas tecnologias que adotamos no dia-a-dia, aperfeiçoando os detalhes e nos distanciando da forma original em tudo.

Em muitas profissões, como arquitetura, por exemplo, onde um trabalho levava dez dias para ser concluído, hoje, o mesmo pode ser feito em apenas um.

Na publicidade, outro exemplo, onde se utilizava dez pessoas para a realização de um trabalho, hoje é possível fazer o mesmo com apenas uma só pessoa.

A maior parte desse ganho se deve à alta tecnologia na área de informática que está baseada no gerenciamento de informações feito por computador.

A qualificação de um ambiente também se faz com tecnologia. Ou seja, se soubermos gerenciar as informações dentro do local de trabalho estaremos ganhando tempo desenvolvendo com menos pessoas as tarefas em movimentos mais otimizados.

A tecnologia na área do atendimento, por exemplo, é um campo muito vasto para ser desenvolvido. Para explorar as suas várias facetas o ideal é que estejamos atentos aos mínimos detalhes: saber como servir melhor ao parceiro; saber onde podemos ganhar tempo; saber como aumentar a produtividade durante a ociosidade e; saber como trabalhar para o conjunto.

A partir do momento que se desenvolve essa tecnologia, o meio se transforma na mesma proporção.

Muitas pessoas acham que tecnologia se refere apenas a equipamentos de ultima geração. É um engano. **Tecnologia pode ser entendida como uma ação inovadora, renovadora, inteligente, diferente, funcional, reveladora e, principalmente, motivadora**. É quando "cai a ficha" – algo simples que ninguém ainda tinha percebido ou visto.

Quando estamos aplicando uma nova tecnologia em nossas ações, a tendência é nos entusiasmarmos e motivarmos com essa nova idéia no dia-a-dia. Daí, a mudança da qualidade do ambiente, seja profissional ou pessoal, estará evidente.

No Brasil, ainda temos o vício de deixar as transformações por conta de meia dúzia de pessoas, nos retirando do "front" da inovação para não ter que arcar com os ônus do risco e de eventuais prejuízos, previsíveis e normais na vida de quem é pioneiro.

Por isso, pagamos a conta de não dispor de tecnologias avançadas. Em verdade, sem as tecnologias desenvolvidas em outros países não poderíamos sobreviver por muito tempo em condições satisfatórias.

Mas o que é pagar a conta das tecnologias alheias?

Em um encontro de empresários e investidores brasileiros para conhecer um inovador sistema operacional para computação, promovido em um hotel de Brasília, uma companhia canadense mostrou com desenvoltura o seu novo produto e 150 empresários toparam comprar o novo sistema por $50.000,00. Esse sistema é vendido em uma caixinha com apenas um CD, que custa $0.25 quando virgem. O restante do dinheiro, $49.999,75 é para pagar a tecnologia de quem criou o software. Essa é a conta da tecnologia alheia.

À parte, no Brasil, de modo geral, estamos concentrados em fazer o básico, ou seja, o CD. Quando temos que quebrar a cabeça para desenvolver algo mais sofisticado, no caso do exemplo dado, um software – a inteligência do produto – criamos uma série de barreiras para não fazer. Assim, **continuamos consumindo a inteligência de outros países e a pagar a conta sem poder reclamar**. O seu telefone, a sua televisão o seu computador e o seu veículo são apenas alguns exemplos da inteligência alheia da qual estamos falando.

Voltando à questão ambiental, a sugestão é criar novas tecnologias de produção e de relacionamento, mais eficazes e qualitativas, em prol do meio no qual estamos trabalhando. Que novos conceitos sejam inventados e que possamos estar à frente do que estamos fazendo hoje, todos os dias, permanentemente.

O MUNDO

Estamos em 46° lugar em tecnologia segundo os estudos da Organização das Nações Unidas. Por isso, é bom haver mais senso crítico quando a mídia nos convence que somos um país maravilhoso, criativo e produtivo.

Na verdade, o relatório da OMPI – Organização Mundial da Propriedade Intelectual, aponta que o Brasil é um dos últimos colocados em relação às patentes obtidas em outros países e sobre os registros de suas invenções no próprio país. Os dados da instituição mostram que, **em 2005, o Brasil concedeu 249 registros para empresas nacionais e 2,1 mil para estrangeiros. No mesmo período, a China recebeu 170 mil pedidos de patentes, e nos EUA, 900 mil esperavam a aprovação do governo americano.**

CAPÍTULO III

Ações Básicas para o Desenvolvimento Pessoal e Profissional

Sugestão 1 –

Atitude positiva sempre.
Existe sempre uma consequência que sucede uma atitude. Qual a consequência de uma atitude negativa? Vale à pena sustentar consequências negativas só porque não pensamos antes no momento em que agimos ou porque estamos com vergonha de voltar atrás diante de uma ação impulsiva e imatura?
Qualquer ação gera consequência positiva ou negativa. Como os fatos se desenrolam a partir das nossas atitudes e das dos outros também, é muito bom que façamos exercícios de análise das atitudes e consequências diariamente. Isso nos dará maior entendimento de conjunto.

Sugestão 2 –

Verdade sempre.
Um segundo de verdade vale mais que uma vida inteira de mentiras e ilusões. A mentira é fantasia. Fantasia não produz nada porque simplesmente não existe. Ao contrário, a verdade gera resultados porque acontece, é real.
Não é preciso perder tempo com mentiras. Todas as vezes que tentamos sustentá-las ficamos nervosos, impacientes, ansio-

sos, com medo e gastando milhões de neurônios para tentar sair das confusões que elas geram. Ou seja, tudo que nós não gostamos acaba acontecendo conosco por conta de mentiras.

Sugestão 3 –

Prioridade para o seu desenvolvimento.
Você é a parte mais importante da história da sua vida. O mínimo que pode fazer por si mesmo é evoluir. Por que a vida se resumiria em apenas manter-se vivo?
Cada segundo é uma oportunidade para evoluir. As oportunidades estão conosco o tempo todo. Mas, se você as perde, já era. Não tem volta, aquela oportunidade está perdida.
É como se estivesse esperando um ônibus na parada. Se não prestar atenção e não fizer o sinal, o ônibus não pára.
As oportunidades são iguaizinhas, se não pegar a que estiver em suas mãos, vai ter que esperar uma nova chance da mesma forma como esperaria um novo ônibus (se ele vier).

Sugestão 4 –

Seja Insistente.
Resista à preguiça e tente de novo.
Se você está convicto de que aquele caminho é o correto e ideal, insista porque você conseguirá. Lembre-se de Thomas Edson e suas mais de 1000 tentativas para descobrir a lâmpada.

Sugestão 5 –

Estude.
Corra atrás do conhecimento, que é a base de todas as mudanças. Sem ele estaremos simplesmente fazendo por fazer e não sabendo exatamente porque estamos fazendo.
Precisamos saber o porquê das nossas atitudes e o que realmente queremos com aquilo que estamos fazendo. Estudar

e conhecer mais profundamente sobre nós mesmos e sobre as nossas habilidades e vontades são as melhores ferramentas para aprender a discernir sobre os objetivos e o melhor caminho para alcançá-los.

Sugestão 6 -

Seja uma pessoa boa.
Plante coisas boas para colher coisas boas. Aprenda a ser uma pessoa boa. O terreno para plantar coisas boas é muito vasto. Você tem a sua casa, a sua família, os seus amigos, o seu trabalho... Tudo é terreno fértil para plantar coisas boas.
A terra dá o que plantamos nela. É uma reação.
Da mesma forma, normalmente, recebemos das pessoas o que damos a elas.
Se quisermos coisas boas para nós não é sendo negativo ou destrutivo que conseguiremos resultados prósperos.

Sugestão 7 –

Seja profissional e disciplinado para com você mesmo.
Não abra mão da disciplina para efetuar as mudanças. O autocontrole e a autocrítica são fundamentais para manter as pessoas na linha da evolução.
Este caminho é muito mais difícil do que o do relaxamento adotado pela maioria. Em pouco tempo, se não tomamos cuidado, voltamos a ser o que éramos antes.

Sugestão 8 –

Use o tempo a seu favor.
Muitas vezes tratamos o tempo como um problema. Na verdade ele pode ser a nossa solução. Se usarmos o tempo como aliado, um cronômetro que anuncia a hora das nossas ações

no dia-a-dia, seremos muito mais organizados e eficientes do que somos hoje.

Sugestão 9 –

Ajude as pessoas.
Para que isso ocorra é preciso dar condições apropriadas ao ambiente. Atuar como servidor pronto para ajudar as pessoas a melhorarem seus desempenhos fará com que você esteja ajudando a si mesmo. **Se as pessoas estiverem bem ao seu redor, as chances de você estar bem são muito maiores**.
O trabalho em equipe rende muito mais que o individual. Se souber unir as pessoas para realizar as coisas em conjunto, você terá o serviço feito muito mais rápido e com menos esforço em função do trabalho ter sido dividido entre o grupo.

SUPERCONDUÇÃO

A ação da supercondução engloba a tarefa de passar adiante a informação de alta qualidade que você adquiriu lendo livros, fazendo cursos ou vivência própria, aos companheiros de trabalho da melhor forma possível. Ou seja, de maneira que as pessoas entendam o que está sendo dito.

A vantagem de fazer esse trabalho é que ele ajuda na formação de um ambiente sadio para a convivência pessoal e profissional.

A idéia, também, é que nós possamos aprender como se passa uma informação para frente de forma eficaz.

O ideal é conferir se as pessoas estão entendendo o que estamos transmitindo. Lembre-se que o seu jeito de entender as coisas é sempre diferente do jeito de outras pessoas.

Então, ao final do processo de ensino, peça para que a pessoa explique o que ela entendeu das informações que passou e, caso ela não tenha entendido, repita a tarefa até que ela possa compreender tudo de verdade. O primeiro beneficiado nessa operação é você. Portanto, não deixe de tentar passar a boa informação quantas vezes for preciso.

Quem tem a informação é quem tem a responsabilidade de transmiti-la às outras pessoas. Portanto, **aprenda a ser um bom interlocutor e procure conferir se a informação foi entendida de modo correto**.

CORAGEM – TRANSFORMANDO O COMPLEXO EM COISAS SIMPLES

Quando não sabemos dirigir um carro, a tendência é acharmos que esta atividade é complexa e difícil. O momento em que descobrimos como dominar o veículo é quando começamos a transformar o que era difícil em fácil. Com o tempo, vamos ganhando tanta experiência no assunto que adquirimos capacidade para até fazer outra atividade enquanto estamos dirigindo – conversar, mudar a sintonia do rádio, colocar um CD...

Para que pudéssemos atingir esta condição, foi preciso ter coragem para entrar no veículo e fazê-lo funcionar. Se não tivéssemos feito isso, jamais poderíamos dirigir o automóvel que tanto nos ajuda no cotidiano.

Essa mesma situação de enfrentamento das novidades e dificuldades acontece milhares de vezes na história das nossas vidas.

Muito da diferença entre uma pessoa e a outra reside justamente na coragem de enfrentar e vencer as barreiras que toda hora aparecem num movimento cíclico.

Coragem para agir. Coragem para experimentar e entender como as coisas funcionam. Assim adquirimos habilidades para transformar o que é altamente complexo em algo absolutamente simples. Quanto mais se estuda uma coisa complexa e difícil, mais simples e fácil ela vai ficando.

Nesse processo é preciso prever que nem sempre você vencerá de primeira e muitos poderão criticar e rir nos momentos em que estiver "pagando o maior mico". A atitude mais prudente a tomar nessas situações é rir junto com as pessoas.

Ria de você mesmo, afinal você é um aprendiz em pleno curso de desenvolvimento. Errar é normal para quem está aprendendo a fazer as coisas. O bacana é que você terá informações preciosas sobre os seus erros e acertos que virão durante as suas experiências.

CONFRONTO

Importa saber que todas as pessoas que estão ao nosso redor também são alunas, estão aprendendo e não podem afirmar nada sobre algo que não conheçam. Assim, **antes de se envolver em desavenças, considere agir com sabedoria e respeitar a condição de desenvolvimento das pessoas** negativistas e problemáticas sem sofrer por causa disso.

De olho num futuro melhor para o conjunto, podemos tentar ajudar a pessoas problemáticas com informações e experiências que já tenhamos passado.

Isso faz parte do aprendizado no que se refere às relações que temos dentro da família, no trabalho e na sociedade em geral.

Quanto mais conhecimento, prática e experiência, mais capacidade de ajudar as pessoas nós teremos.

APROVEITAMENTO DO TEMPO

O conceito do "quilômetro extra" é o melhor aproveitamento do nosso tempo em prol do autodesenvolvimento.

Divida as suas 24 horas diárias em 3. Nas primeiras 8 horas dormimos ou descansamos. No segundo bloco de 8 horas trabalhamos. No último bloco é onde reside a possibilidade de fazermos a diferença e percorrermos o chamado "quilômetro extra", termo usado por Luiz Marins, um dos mais respeitados oradores motivacionais da atualidade, para ilustrar como alcançar uma melhor condição profissional.

Geralmente esse último pacote de horas é mal utilizado e sem qualquer planejamento. E é por isso que simplesmente as perdemos.

Esse tempo mal gasto nunca é recuperado. A grande maioria desconhece a vantagem competitiva que essas 8 horas restantes do dia podem oferecer. Fazer cursos extracurriculares, ler bons livros e aprimorar o nível cultural podem fazer grande diferença no "status" profissional.

Essa diferença é traduzida no mercado como aumento de valor pessoal e maiores ganhos financeiros.

O aproveitamento dessas horas enriquecerá muito o poder de produção e poderá contribuir de modo relevante para o melhoramento do ambiente profissional, vez que, será muito útil compartilhar de uma forma objetiva e construtiva a experiência vivida no "quilômetro extra".

É um momento, inclusive, onde as características de um líder poderão aflorar.

GERENCIAMENTO DE ATITUDES / AUTO-ORGANIZAÇÃO

Muita gente pode estar precisando rever seus conceitos de organização.

A organização de tarefas é o básico para se obter ganho de tempo.

Quando a sua casa está desorganizada, seus documentos estão em local desconhecido, suas roupas espalhadas dentro e fora do armário e a sua cozinha com pratos e talheres até o limite suportável da pia, fica difícil ser rápido ao tentar localizar alguma coisa.

Imagine tentar achar a nota fiscal de um eletrodoméstico que você comprou há oito meses. Terá que procurar por todos os cantos até encontrar, se encontrar. Com organização, saberemos exatamente onde está a nota fiscal.

Podemos aprender a colocar as coisas em lugares pré-definidos para iniciarmos o processo de organização e fazer disso uma rotina natural.

Para documentos, o ideal é providenciar pastas com indicadores externos para que possamos localizá-los rapidamente. Para as roupas, o ideal é que separemos compartimentos específicos para tipos de peças como, por exemplo, roupas íntimas, meias, lenços e pijamas, que podem estar em uma mesma gaveta. Pratos, talheres e copos podem ser limpos e guardados imediatamente após a sua utilização.

São coisas muito fáceis, tão simples que parece até bobagem falar disso. Mas, no íntimo, **sabemos que para nós, aprendizes, até as coisas fáceis são difíceis de serem feitas**.

Isso tem a ver com disciplina.

DISCIPLINA

O mais importante não é bem fazer essas coisas e sim se manter fazendo-as, todos os dias, até que se torne um padrão de organização pessoal e profissional de alto nível. Para conquistar isso – o padrão de qualidade – leva muito tempo.

Veja, não é fácil jogar o papel de um chiclete no lixo? Pois bem, o que vemos em grande escala nas ruas de nossas cidades? São papéis espalhados a torto e a direito e muitas vezes ao lado da própria lata de lixo. A facilidade da ação de jogar papel no lixo não fez a menor diferença.

Porém, isso qualifica as pessoas em graus mais ou menos avançados.

Quando se é organizado, você é mais rápido e profissional. Tudo o que precisa está ao seu alcance, simplesmente porque você sabe onde as coisas estão.

REVISÃO

- Como organizar melhor a sua vida?
- Como se ganha valor profissional e pessoal? Que tipo de conceito é usado para se obter esse valor?

- O que é tecnologia de ponta?
- O que é ambiente profissional e pessoal?
- Como se melhora esse ambiente?
- Qual a vantagem pessoal de melhorar o ambiente?
- Qual o papel do agente supercondutor?
- Que tipo de possibilidades profissionais e pessoais você vê para si mesmo no futuro?
- O que acontece imediatamente após vencermos uma dificuldade?
- O que é fundamentar uma informação?
- Que livro você está lendo?
- Na prática, houve alguma mudança nas suas atitudes, ou ainda é necessário mais aprendizado?

CAPÍTULO IV

As Relações Entre os Objetivos, as Razões, as Atitudes e as Consequências

Quem é você? Qual é a sua? Nasceu para o quê? Para o que serve o seu corpo? O que está fazendo de útil com ele?

Em todos os estudos sobre a humanidade o homem manifesta a eterna dúvida sobre o porquê e para quê está aqui. Mas uma coisa está clara para muitos pesquisadores – evoluir é a principal tarefa.

Não se trata de fingir que evoluiu e sim de evoluir efetivamente, sinceramente, no íntimo. Tomar uma atitude inteligente não porque alguém disse que aquilo seria inteligente e sim porque já entendeu que aquela atitude é necessária para o próprio desenvolvimento.

Partindo do princípio de que a evolução se baseia em tomar atitudes melhores sucessivamente, podemos afirmar que o objetivo principal de uma vida não pode ser outro a não ser a melhoria contínua de nós mesmos.

Se isso é verdade, estamos aproveitando todas as oportunidades de aprendizado em cada segundo de nossa existência para evoluir?

Todo aprendizado requer muita atenção sobre os acontecimentos. Quantas vezes nos pegamos repetindo os mesmos erros só porque não estamos prestando atenção nas situações do dia-a-dia?

Qualquer coisa que esteja acontecendo é motivo de análise e estudo. Se procurarmos entender os fatos, iremos aprender muito.

A idéia é que não percamos esse raciocínio de vista. Ele é lógico e mostra um caminho de trabalho útil em nossas vidas cuja razão de existência é a evolução.

A RAZÃO SOMOS NÓS

O motivo dos nossos esforços não deve ser confundido com a empresa, o dinheiro ou as pessoas. A razão somos nós. Se não há força para evoluir tendo o desejo pessoal como motivo para isso, não poderemos disponibilizar energia para ajudar ninguém a crescer e qualquer esforço sem essa premissa será uma grande demagogia.

O esforço de sermos melhores a cada dia ajuda a todos nos ambientes nos quais vivemos. Essa postura fará com que as pessoas com as quais se relaciona se sintam em maior segurança com relação a você e tenham motivos para reconhecer o seu valor pessoal ou financeiro – uma mera consequência do seu posicionamento mais apurado, profissional e humano, perante a família ou o trabalho.

MECÂNICA

A relação entre a atitude e a consequência é o que mais nos faz aprender como as coisas funcionam. Sempre há uma série de acontecimentos a partir de nossas atitudes. Se tomarmos uma atitude negativa, que tipo de consequência podemos esperar?

Um dos segredos sobre o entendimento dessa mecânica é saber interpretar se a atitude a tomar é realmente negativa ou positiva.

Mais importante que entender isso é estudar o efeito dominó. **Cada atitude, seja positiva ou negativa, tem a sua repercussão. Tudo que acontece a partir dela não tem volta e é de responsabilidade de quem provocou**. Isso é muito sério!

Você pode não estar preparado para encarar dessa forma, mas quando paramos para analisar a fundo, percebemos o quanto a nossa atitude é importante e influi na vida das pessoas que estão ao nosso redor e fora dele. Qualquer coisa que façamos vai gerar uma consequência que vai atingir uma série de pessoas que, por sua vez, reagirão de uma forma ou de outra sobre as demais pessoas, gerando o efeito dominó.

Por aí dá para percebermos o quanto somos importante uns para os outros e como podemos influir na melhora ou piora da vida de pessoas que nem sequer chegamos a conhecer.

Talvez seja uma boa hora para refletirmos sobre o que fizemos no passado e as consequências dessas atitudes no presente.

De forma imatura, **o homem vem através de sua história, atirando pedras sobre as pessoas, esperando que as respostas sejam construtivas**.

Mesmo que encontremos essas pessoas em nossos caminhos, que fundamentam atitudes negativas e terroristas como o que há de mais avançado nas relações humanas, muitas vezes com sucesso financeiro em suas vidas, continuamos sabendo, no íntimo, que o melhor caminho é o da ação positiva, colaboradora, educadora, construtiva e harmonizadora.

Muitos líderes de várias empresas estrangeiras de porte descobriram nas últimas décadas o valor de ter equipes que tenham vontade de trabalhar e se desenvolver por si só. Com resultados operacionais surpreendentes, essas lideranças cresceram assustadoramente e tomaram mercados até então considerados inatingíveis, numa velocidade incrível. Eles alcançaram resultados expressivos obtidos por conta da mudança de postura dos líderes dessas organizações (efeito dominó).

Um dos exemplos de administração onde as equipes trabalham com o objetivo de desenvolvimento baseado na evolução pessoal é a Microsoft, onde o principal capital são as pessoas e não os bilhões de dólares que sustentam a gigante americana.

Usando do mesmo conceito, empresas de tecnologia como a Google e a Apple, que dependem muito da inteligência e da dedicação dos seus colaboradores, vêm crescendo em grande velocidade e se consolidando como exemplos históricos mundiais de administração criativa em produtos e serviços.

O simples fato de tomar a iniciativa para descobrir novas alternativas para si mesmo já o diferencia das outras pessoas. Mas, só isso não basta, é preciso que você decida sobre que tipo de pessoa você quer ser.

A mudança de postura é uma proposta e a decisão de melhorar é sua. Agir da mesma forma traz os mesmos resultados sempre, e entraremos no que chamamos de processo de manutenção. Manutenção das nossas vendas, manutenção dos nossos tipos de relações, manutenção dos nossos empregos, manutenção das nossas vidas... O raciocínio é extremamente simples: **para que os resultados mudem é preciso mudar a postura e as ações**.

A MÁQUINA E O MOTORISTA

De novo – Quem é você e o que está fazendo aqui?

Se não sabe responder estas perguntas é porque não tem as informações que precisa para respondê-las.

Quem não sabe, ainda está aprendendo. Estando aprendendo, é aluno. Sendo aluno, está numa escola e, como em todas elas, o tempo de permanência é limitado. Dá-se melhor quem sabe aproveitar a oportunidade de aprendizado nessa imensa universidade que é a nossa vida. Mesmo porque, não se sabe quando teremos outro momento como esse.

Se tivéssemos que comprar um corpo humano na loja, com todas as funções em perfeito estado de funcionamento, uma tecnologia biológica de altíssimo nível, com visão, audição, imaginação, sentimentos, repentes criativos, controle total sobre a movimentação do corpo, produção automática de sangue, hormônio, neurônios e anticorpos, livre arbítrio para transformá-lo no que quiser e levá-lo onde bem entender, um espaço de memória incalculável, sistema de busca em alta velocidade de informações no banco de dados do cérebro, sentidos de gosto, de cheiro, tato, mutante – aceita transformações físicas e mentais a depender do gosto do freguês – gordo, magro, forte ou fraco, lerdo ou inteligente – quanto custaria tal equipamento tão sofisticado?

Pois é, esta é a nossa primeira grande oportunidade. Já estamos com isso nas mãos e com total livre arbítrio para ação. Reconhece isso?

Mas que resultado real estamos obtendo operando tão preciosa máquina? Não seria um erro grosseiro usar tal equipamento só para comer e evacuar? Não é estranho um material desse nível para fazer coisas tão fáceis?

Muitos irão dizer – Espera aí! Eu trabalho muito, estou suando para conquistar as minhas coisas.

Que coisas? De que valor?

Veja, tudo indica que o que se constrói de físico na escola, na escola fica – os próximos alunos irão desfrutar de tão honrosas conquistas.

O que se acumula de informações e experimentos na Consciência, com ela vai a qualquer lugar desfrutando de tudo que aprendeu na escola. Isso não lhe parece lógico?

Onde estamos investindo nossos esforços, no que fica sem a nossa presença ou no que vai com a nossa consciência?

Talvez, muitos de nós, por falta de um equilíbrio mais adequado entre os dois investimentos – material e espiritual (ambos com seus valores e necessidades distintas), estejam achando o resultado do desenvolvimento de nossa Consciência demasiadamente insatisfatório.

RIQUEZAS

A riqueza espiritual se baseia em informações e experimentos – relações interpessoais, adição de faculdades, habilidades, no entendimento da qualidade dos pensamentos, sentimentos e energia, no desenvolvimento de valores nobres como amor, altruísmo, sentido de grupo, respeito, amizade e liberdade. Enfim, essas coisas que a riqueza material não tem condição de comprar.

A riqueza material, mais cobiçada pela grande maioria, é justamente a que dá a sensação de poder e conquista – um carro, dois, três, casas, lojas, jóias, renda de investimentos financeiros e imobiliários, garantia de controle e "dim dim" por toda a vida. Isso torna a vida mais fácil. Ôpa! Vida fácil? Ôpa!!! Escolas fáceis nunca deram bons alunos...

ESCOLHA DIFÍCIL

Mas o que seria uma escola difícil?

Vejamos com sinceridade as nossas reais dificuldades, não as de manutenção do corpo humano (você não irá mais morrer de fome), e sim as dificuldades de se desenvolver a Consciência – o seu "eu".

Aceitar a dificuldade como um instrumento para o aprendizado é inteligente.

Estamos acostumados a rejeitar o difícil porque ele se parece com punição. Mas na verdade, no balanço da vida, a dificuldade sempre nos dá mais ganhos.

Não se prega aqui o voto de pobreza ou do masoquismo. Pelo contrário, encontrar o equilíbrio entre a riqueza material e a riqueza espiritual poderá dar muito mais condições de desenvolvimento à pessoa.

COMBUSTÍVEL

Para melhor entender o equilíbrio entre as riquezas, vamos falar de duas pessoas que têm o mesmo objetivo: o de fazer funcionar um carro.

A primeira tem um carro, mas não tem combustível para movimentá-lo. E o que ela precisa para andar é encher o tanque. Nesse caso, falta riqueza material para viabilizar o funcionamento do veículo e é por isso que ela precisa ganhar dinheiro.

A segunda, que tem muitos recursos financeiros, espera garantir o funcionamento do carro comprando milhares de tanques cheios de combustível. Nesse caso, há um excesso de riqueza material que pouco servirá para o desenvolvimento de um só veículo, já que sua capacidade de combustível está restrita a um tanque.

Aumentar o nosso nível de produção, velocidade e recursos tecnológicos, além de um esforço físico e de vontade maior, nos custa riqueza material. Essa é a hora, então, de aumentar a quantidade de combustível.

É ajustando adequadamente os objetivos e a energia necessária para atingi-los é que podemos transformar o carro em um ônibus, depois em um navio, num avião e até mesmo em uma nave espacial, equilibrando os recursos financeiros necessários para bancar o próprio desenvolvimento de modo paulatino e consistente.

Melhorando dia-a-dia as habilidades ao ponto de nos tornarmos muito produtivos, fortes e auto-suficientes, **o dinheiro deixará de ser o foco das atenções para ser apenas uma consequência do bom trabalho** e o combustível para maiores e melhores investidas.

ALERTA

Muito dinheiro no banco sem produção, além dos limites da segurança, é um enorme desperdício. Pode impedir o desenvolvimento de inúmeros pólos de produção, onde o dinheiro é distribuído de forma horizontal (para muitos) e, ao mesmo tempo, ampliar o poder individual solitário, onde o dinheiro é distribuído de forma vertical (para poucos).

Segundo dados da ONU de 2006, **existem 13 trilhões de dólares investidos em paraísos fiscais e sem endereço produtivo**. Para se ter uma idéia do volume de dinheiro que isso significa, daria para acabar 32 vezes com a fome existente no planeta.

DETERMINAÇÃO

A determinação é compromisso que sabemos ser muito difícil manter o tempo todo. Todavia, se a disciplina fosse fácil, nos daria uma vida de muitos ganhos espirituais e materiais.

Você já tem discernimento suficiente para saber quais são as ações que lhe tornariam uma pessoa melhor a cada dia, mas não faz porque falta disciplina.

Ter disciplina é difícil, não ter é fácil.

É importante exercitarmos nossos corpos e nossas mentes diariamente para mantê-los em melhores condições de funcionamento? Sabemos que sim, mas cadê a disciplina?

Sabemos, também, que é problemático conviver com a maioria das pessoas e, por ser mais fácil, quase sempre optamos por dispensar relações mais saudáveis e produtivas com elas. Dessa forma ficamos cada vez mais isolados, o que torna mais difícil aprender. Quanto menos informação, menos aprendizado.

Informações sobre relações interpessoais, só as pessoas podem nos dar. Não é verdade? Claro que você pode ler uma tonelada de livros sobre o assunto, mas e daí? Só se aprende vivendo essas relações. Portanto, continuamos dependendo das pessoas para aprender. Assim, começamos a entender a importância do conjunto, seja no ambiente pessoal, familiar, social ou profissional.

Saber ser uma peça positiva e construtiva no meio de um conjunto é difícil. Mais fácil é se considerar especial, se afastar e perder a oportunidade de aprender a fazer parte de um grupo.

Normalmente, quem se isola age como se soubesse de tudo. Pronto, para que então serve a escola para quem já se considera professor?

É importante considerar que se fôssemos tão mais espertos e melhores que os outros não estaríamos no mesmo lugar, na mesma época, vivendo exatamente as mesmas coisas. Tem lógica?

É importante considerar que temos todos mais ou menos o mesmo equipamento – o corpo humano. O que torna o desempenho diferente é a maneira de operar a máquina.

Vivemos numa mesma dimensão, numa mesma época, fatos esses que mostram claramente um nível evolutivo.

Vivemos em conjunto e não estamos em escolas separadas, o que significa que somos um grupo (turma) em evolução.

A terra é a nossa escola. Aqui é onde temos todas as ferramentas e faculdades à nossa disposição para crescer. E, o desenvolvimento em conjunto é muito mais enriquecedor do que o individual.

Isso tudo é um referencial para que possamos entender de grupo.

Avalie em que nível de qualidade você está operando. Use como parâmetro aquilo que está pensando, eis que essa é a sua verdadeira posição sobre os fatos da vida. Pensou, sentiu, já era. É isso que você é. Qualquer atitude no corpo humano que mascare o que você pensou e sentiu é uma fantasia que representa o que você não é. Difícil é ser autêntico. Fácil é viver na ilusão.

ARTISTAS

Casamentos – muitos são anunciados com pompas e tudo mais, raro é o amor verdadeiro, de protagonistas servidores incondicionais e felizes.

Muitos homens se apresentam às mulheres de uma maneira que não reflete quem são. Muitas mulheres vestem uma fantasia para viver um conto de fadas num reino encantado. Um acredita na imagem que o outro passou, amam aquilo que foi mostrado, e aí se casam. A realidade aparece. Filhos também. Muitos se separam, outros aceitam conviver como atores ou atrizes pelo resto da vida, o que poderia ser evitado se fôssemos mais honestos e corajosos.

Somos o que somos e pronto. A partir daí, da realidade, façamos o melhor para evoluir. Não há alicerce para construir a partir da fantasia, de uma coisa que não existe.

AUTOCONTROLE

Aprender a viver em equilíbrio também é tarefa difícil. Viver em equilíbrio é não exagerar. Tudo que é exagerado perde o equilíbrio ou para um lado ou para o outro. Se come muito, fica gordo. Se come pouco, fica magro. Se dorme pouco, fica cansado. Se dorme muito, também. Se tem pouco dinheiro, torna-se um escravo social. Se tem muito, torna-se um escravo dele.

"Todo exagero gera desequilíbrio".

O domínio das emoções, que também faz parte do processo evolutivo, é uma conquista só revelada depois da absorção de muita informação e experimentos (cicatrizes).

A impulsividade, presente em todos nós em graus distintos, é a expressão mais animalesca do indivíduo, exposta descontroladamente sobre a circunstância em que ele está inserido. **A pessoa que perde o argumento, e isso depende do nível de informação, por não ter mais onde buscar subsídios para discutir, parte para violência verbal e, não muito raro, para a agressão física também**.

Desenvolver o raciocínio lógico em prol do entendimento do nível evolutivo no qual as pessoas se encontram, depende de muita experimentação, respeito, aceitação e sentido de grupo. Nessa condição é possível entender, sem revolta e sem reação impulsiva, a atitude mais violenta de alguém, própria dos animais mais atrasadinhos.

Como seria bom se pudéssemos entender e aceitar com tranquilidade as atitudes mais agressivas das pessoas que convivemos no dia-a-dia e, ao mesmo tempo, lançar mão de ferramentas inteligentes para ajudá-las a viver melhor? É difícil, mas é possível.

Bem, há muito que fazer por nós mesmos. Mas nada acontecerá se não tomarmos atitude. Só a ação clara e determinada poderá mudar nossos rumos. É uma decisão que não depende de ninguém. **Você tem o livre arbítrio de escolher onde, como e o que vai fazer. Pense nisso. Você tem a opção de mudança em suas mãos**.

INFLUÊNCIAS FAMILIARES E SOCIAIS

A humanidade vem no decorrer dos milênios, sendo dirigida pelas influências dos padrões familiares, sociais e religiosos que sempre qualificaram o modo como agimos, valorizando ou não, e até mesmo penitenciando atitudes como muito aconteceu no passado, que hoje sabemos serem perfeitamente aceitáveis e, em muitos casos, necessárias.

As influências familiares, por exemplo: escolhiam-se os noivos para as filhas que nem tinham direito de opinar sobre a união. Hoje, sabemos que um casamento forçado provavelmente trará infelicidade para ambos ou uma felicidade falsa (mentirosa).

Muitos pais e mães (em muitos casos ainda hoje) tentam dirigir os destinos dos seus filhos escolhendo as suas faculdades ou provocando uma sucessão familiar no comando de alguma empresa. Porém, é sabido que **sem a vontade de fazer as coisas, só se produz medianamente ou abaixo do que se poderia realizar**.

Também, as influências sociais: classificava-se a virgindade como pré-requisito incondicional para revelar a pureza da mulher. Hoje, sabemos que sexo é fundamental e as pessoas que se casam sem experimentá-lo correm o risco de não gostar da maneira com que o parceiro trata o assunto. Daí, ambos podem estar "entrando numa fria".

A sociedade também impõe diversos modelos que confundem nossos verdadeiros valores. Por exemplo: o que é uma pessoa de sucesso para a sociedade? Normalmente é aquela que tem muito dinheiro e não a pessoa simples que mantém a sua vida equilibrada social e financeiramente. Por perto de você deve ter uma pessoa que conheça com muito dinheiro, olhe bem para ela e veja se é feliz. Pelo nível de positivismo, stress, alegria, bom humor, paciência e, especialmente, libertação do próprio dinheiro, você poderá tirar suas conclusões.

É raro encontrar pessoas simples, equilibradas e desprendidas. Mas não é raro encontrar nelas boas porções de alegria e felicidade serena.

PECADOS E PERDÕES

As influências religiosas também causaram grandes estragos por toda a história humana.

Se um erro é um pecado, nós não podemos errar. Se não podemos errar, não podemos experimentar e aprender. Não podemos conhecer as coisas.

Sem conhecimento e experiência não há evolução. **Se o pecado resultante de um erro for uma verdade entre os homens, é certo dizer que viemos para cá para fazer sempre a mesma coisa que, resumindo, vai dar em comer e evacuar sem nada de novo fazer ou levar**. É bom pensarmos nisso com mais seriedade.

Os maiores conflitos bélicos na terra, desde que nós nos entendemos por gente, têm fundos religiosos que aplicam o medo, a pressão do pecado e a resignação como condicionantes a um suposto perdão ou redenção que nos seriam dados após a morte – vide os suicidas mulçumanos.

Com isso, o que é "vendido" aos fiéis é a prisão do pecado e a cega doação do corpo e da alma a seres superiores que são revelados salvadores, todos os dias, em seitas e igrejas de todo tipo.

Aceitamos isso porque **é mais fácil transferir a responsabilidade pelo alcance das graças a estes seres (santos, beatos e deuses) do que assumirmos o controle de nós mesmos e conseguir aquilo que desejamos por vontade e ações próprias**.

Teoricamente, um ser superior de qualidade já teria entendido que medo, pecado, prisão e condicionantes (corrupção) em geral, são coisas altamente negativas. Por que alguém com gigantesca sabedoria trataria seus filhos com tantos valores de baixa qualidade?

O erro sempre é sucedido de acontecimentos repetitivos que nos ensinam a entender nossas atitudes. O atraso na evolução é que parece ser a nossa conta mais pesada e amarga a pagar.

A boa notícia é que a verdadeira liberdade só vem com o conhecimento, a prática e a experiência. Melhor ainda, para obtê-la não dependemos de ninguém além de nós mesmos.

Este é um mundo de aprendizado, de atitudes e consequências. Numa escola onde se descobre, se experimenta e se cria, não há lugar para pecados e perdões. Somos alunos e não professores.

Essa condição é perfeitamente explicável quando tentamos reconhecer qual a nossa verdadeira identidade, descobrir o sentido da vida e não encontramos o menor sinal das respostas. E, se não sabemos o básico é porque ainda estamos no primário e temos muito que aprender.

O PLANETA DESEQUILIBRADO

O desequilíbrio social no planeta é causado por excessos. O excesso de riqueza de um lado e o excesso de pobreza do outro provocam o desequilíbrio. Estruturas monumentais que esbanjam recursos financeiros de um lado e as barracas de lona do outro provocam o desequilíbrio. A educação em larga escala (internet) difundida a quem tem a possibilidade de pagar pelo serviço de um lado e as mulheres de muitas partes do Oriente Médio que são proibidas de estudar do outro, provocam o desequilíbrio.

Você sabe bem como reage uma pessoa desequilibrada? Pois bem, pense em como vai reagir, se já não está reagindo, um planeta desequilibrado.

Portanto, avalie bem todas as situações da sua vida, onde há excessos, há desequilíbrio. Algo está errado. E para que o todo se mantenha em ordem é importante que cada um faça a sua parte.

DIMENSÕES

É fundamental o entendimento das dimensões para compreender o processo evolutivo.

Vivemos numa dimensão que podemos considerá-la uma espécie de "meio do caminho".

Por ignorância em relação à visão do conjunto, não conseguimos perceber os micro-universos palpitantes que existem, por exemplo, dentro dos nossos corpos.

Um conjunto de ações contínuas acontece em nossos corpos provenientes de seres que nos habitam e tornam viável a nossa sobrevivência. Hormônios, neurônios, anticorpos e células, entre outros elementos, nascem e morrem todos os dias e têm a função de manter nossos corpos em constante evolução. É um sistema riquíssimo que nos mantém vivos e nos desenvolvendo.

A natureza está repleta de sistemas assim. A Terra é assim.

O sistema Solar com cerca de 400 bilhões de astros (o nosso planeta é apenas um deles), numa dimensão espacial completamente diferente do que conhecemos, acolhe planetas que funcionam sincronizados, em rotas definidas e com extrema organização. É um conjunto harmônico que mantém o funcionamento de todo sistema numa impressionante ordem.

Por isso, da mesma forma que podemos contar com a organização dos sistemas que compõem o nosso corpo, a Terra pode contar com os movimentos do nosso sistema Solar para garantir o dia e a noite sincronizados, mantendo a vida no planeta.

E todos os planetas do nosso sistema têm a sua vida e caminhos próprios. Cada um com as suas características e intrigantes particularidades.

A Via Láctea – galáxia que abriga o nosso sistema, em uma outra dimensão, é o conjunto de aproximadamente 1.000 sistemas iguais ao nosso, todos vivos e funcionando num gigantesco e, ao mesmo tempo, pequeno Universo. Segundo o cientista Alan Boss, do *Carnegie Instituition of Washington*, só em nossa galáxia existem pelo menos 100 bilhões de planetas habitáveis, iguais a Terra.

Para se ter uma idéia da complexidade e tamanho real do Universo, um aglomerado é a casa de aproximadamente 1.000 galáxias e, até onde o homem conseguiu enxergar, existem cerca de 1.000 aglomerados compondo esse imenso espaço.

Em um artigo publicado na revista *International Journal of Astrobiology*, cientistas concluíram que existem no mínimo 361 civilizações inteligentes na Via Láctea e cerca de 38 mil em todo o universo conhecido pelo homem.

Segundo as pesquisas recentes, todo esse maravilhoso conjunto expande e encolhe de modo sincronizado, num movimento parecido com o de respiração, curiosamente, exatamente o que fazemos para viver.

Essa realidade espacial evidencia graus de evolução dos corpos. Desde os mais primários existentes na natureza até a composição do Universo que respira como se fosse um ser único.

Você é o gestor do seu universo.

Cada sistema dentro dos nossos corpos tem responsabilidades setoriais e nós como gestores, procuramos fazer o melhor para que tudo funcione bem. E, para abrir mão de qualquer parte do seu micro-universo, certamente haveria uma luta incessante de sua parte com o objetivo de proteger o todo.

Assim, não há lógica em punir o que seria parte de um sistema. Por isso, não há lógica no pecado ou no perdão. O que há é consequência, positiva ou negativa, proveniente de uma ação.

A analogia é simples. Para efeito comparativo, por exemplo, uma célula está para um ser humano o que esse está para o Universo, gestor de todo o conjunto.

Por isso, a afirmação de que "o Universo conspira a seu favor" tem uma lógica mais apropriada à evolução do que à cultura do pecado e do perdão.

CAPÍTULO V

O Caminho para a Especialização

A maior parte das informações que podem provocar o desenvolvimento está no estudo aprofundado da função profissional, mais diretamente no conhecimento dos detalhes.

HIERARQUIA

Não há como chegar ao topo sem o entendimento de como funciona a base.

A maioria das pessoas se acostuma com a rotina de trabalho e com um satisfatório salário no fim do mês. Por isso, não se atentam para o enriquecimento através da observação crítica do seu trabalho e das informações vindas de outras fontes.

O processo de desenvolvimento nos degraus hierárquicos é igual ao de vencer as dificuldades: **sempre haverá uma situação mais complexa que precisará ser entendida. E, no momento que adquirimos esta condição, estamos aptos a receber tarefas mais difíceis**.

Se observarmos bem, a vida também funciona assim. Toda vez que amadurecemos em algo, em seguida aparece uma situação nova e mais complexa para que possamos nos desenvolver ainda mais.

A responsabilidade de um profissional equivale ao nível hierárquico no qual ele se encontra.

A título de exemplo, visualize o quadro hierárquico que segue. Na base de uma instituição, um homem de vendas se preocupa com vendas. Aumentando a responsabilidade, um subgerente se preocupa com vendas, pessoal, fechamento de caixas... Um gerente se preocupa com metas de vendas, documentos legais, escala de revezamento de pessoal, balanços, fiscalização, eficácia dos equipamentos, depósito... Um supervisor se preocupa com isso e mais reclamações de clientes, solução de problemas de maior gravidade, abastecimento de vários setores e o seu trabalho normalmente abrange mais de cinco unidades/pontos... Um superintendente é, também, responsável por tudo isso e ainda precisa apresentar alternativas, opções de ação para quem dirige a empresa... Um diretor, além de assinar embaixo de tudo que seus subordinados fazem é, muitas vezes, o único responsável pela decisão do melhor caminho a tomar. Sua maior responsabilidade está, entre outras coisas, em manter a entrada de recursos financeiros para a segurança e continuidade do desenvolvimento da empresa e de todos que ali trabalham.

Repare que nesta sequência, a cada função de maior nível dentro da empresa, o trabalho vai se acumulando e você não deixa de ser responsável pelas coisas que fazia no cargo anterior. As responsabilidades se acumulam também.

Daí a importância de se tornar um especialista em cada degrau, em cada cargo que exerça. Isso vai lhe dar uma base profissional de extrema valia para dominar as funções de maior relevância em qualquer companhia. Isso se chama bagagem. E é por causa dela que a maior parte dos empregadores pede experiência profissional anterior. Correr riscos e perder dinheiro ninguém quer.

SENTIDO OBRIGATÓRIO

Também, é importante saber que a passagem pelos níveis hierárquicos é obrigatória para quem realmente quer saber das coisas.

Na escola nós temos que obedecer a sequência de séries até chegarmos à formação final. Isso ocorre porque uma informação serve de base para se compreender uma nova informação. Na hierarquia empresarial também ocorre o mesmo.

Além disso, quando um profissional está em um nível alto numa organização e não tem experiência em assuntos específicos de ordem estrutural, ele corre o risco de não saber resolvê-los porque não tem conhecimento sobre eles. Esse risco se estende para altos níveis e **o funcionário, mesmo com qualificação acadêmica, pode ser dispensado do cargo simplesmente porque não tem condições de resolver um problema que é básico**.

Portanto, o ideal enquanto estivermos em cada fase de nosso desenvolvimento é aproveitarmos ao máximo da situação, obter muitas vivências e somá-las à nossa bagagem. Quando precisarmos, em qualquer tempo, a experiência estará à disposição em nossa memória e ajudará a resolver qualquer questão.

AUTODIDATISMO

Autodidata é a pessoa que investe em estudos a partir de métodos próprios e experiências que geram conclusões construtivas dentro do ambiente pessoal e profissional.

A memória é um fator decisivo para a otimização destes estudos.

Quando somos crianças, o volume de informações inseridas em nossa mente é extremamente alto, criando uma capacidade de absorção muito grande. Quanto mais o tempo passa, mais julgamos, às vezes inconscientemente, que não precisamos aprender determinadas coisas, e aí **o baixo volume de informações faz com que a capacidade de processamento da memória fique em subnível, ou seja, operando abaixo de sua capacidade real**.

O momento atual é de começarmos a colocar a memória em funcionamento. O tempo de otimização é semelhante ao tempo que se perdeu nos anos que se passaram, por isso, é melhor começar já!

Por exemplo, você quer ser um grande executivo, arrojado, investidor e de sucesso? A maior parte dessas pessoas tem as informações relativas ao mercado em que atuam como grande trunfo. E a dica é, além de estar por dentro de tudo sobre o que está acontecendo em sua área profissional, comente com pessoas especializadas o seu ponto de vista sobre o assunto e enriqueça a sua bagagem com uma discussão saudável, diariamente se possível for.

ATITUDE PROFISSIONAL

A atitude profissional é outra grande cartada.

Um dos métodos eficazes para a prática do autodidatismo e melhoramento da capacidade de processamento da memória é a leitura comentada por escrito.

Primeiro, passe a pensar e agir dando o melhor de si. Você já tem informação suficiente para crescer muito. Depois, compre livros que contenham as últimas informações sobre o ramo de negócios que você aprecia ou no que já trabalha gostando do que faz. Leia criticando! Escreva o que achou dos assuntos abordados folha a folha, critique ou comente positivamente as informações que você leu. Anexe seus escritos às respectivas páginas do livro. Associe idéias de informações espalhadas por todo o livro, junte-as criando um conceito novo.

Escreva! Leia novos livros e compare o conteúdo dos mesmos com os que você já leu. Compare as ações sugeridas nos livros com as atitudes que você toma dia-a-dia, pessoalmente e profissionalmente. Veja onde você pode mexer para melhorar.

Crie metas através dos conhecimentos que você está adquirindo sem se limitar a elas como ponto máximo, faça o que for possível além do planejado.

A partir de associações de idéias, crie processos novos de execução do seu trabalho. **Entre em contato com pessoas mais experientes na sua área de atuação, debata com elas**

os seus pensamentos. Escreva as conclusões das conversas e aplique sem medo o que for bom.

Compre um computador e não pare de andar para frente.

ASSOCIAÇÃO DE IDÉIAS

Existe nas livrarias o livro "guia dos curiosos", nele você encontrará muitas invenções e como os criadores chegaram àquelas conclusões. Ao examinar mais atentamente o livro, **você perceberá que tudo funciona à base de associações de idéias e isso só ocorre somente quando existe muita informação e boa capacidade de processamento cerebral**.

PULSO

A disciplina é outro ponto muito importante no processo do autodidatismo. Crie horários de estudos e cumpra-os rigorosamente! Sem drama, faça disso uma rotina.

A proposta é tornar o aprendizado e assimilação de novas informações parte do seu dia-a-dia, viabilizando a prática do desenvolvimento mental como um processo natural, sem pressão.

Escolha um lugar para estudar que tenha todos os acessórios que precisa, inclusive acesso à internet, e que você não seja incomodado por ninguém.

PADRÃO ENERGÉTICO

Repare que ao entrar em uma biblioteca onde muitas pessoas estudam, você encontra um clima de concentração nos livros absolutamente claro e, por incrível que pareça, isso facilita o ato de estudar. O local passa a ter um padrão de energias no qual nos adaptamos rapidamente ao ambiente. Isso ocorre em todos os lugares em que convivemos e interagimos de forma acentuada ou mais branda. Se você já foi a um motel ou a um parque de diversões, já sabe bem do que se está falando.

Assim, quando você determina um local de estudos, ele começa a receber as energias de estudos que com o tempo vão se potencializando, transformando-o no "ambiente ótimo" para o processo do seu desenvolvimento pessoal.

Evite escapes mentais. Evite pensar em coisas que não interessam ou que já tenha pensado anteriormente durante o seu horário de estudos.

Devanear (viajar na maionese) é perda de tempo. Atenção concentrada é a chave! É comum sentir dificuldades neste processo, mas não desista, a tendência para quem se esforça é sempre melhorar.

Para o polimento do processo de associação de idéias, a sugestão é que você comece a se tornar polivalente. Avance nas pesquisas em outras áreas de estudos para que tenha elementos "mixáveis" e possa criar algo original.

CUIDADO! ENERGIA PEGA

Cuide do ambiente no qual está vivendo, isso inclui pessoas. A influência de pensamentos, sentimentos, energias e atitudes podem atingir de forma substancial o seu novo padrão de procedimentos.

As pessoas que estão a nossa volta, normalmente não compartilham da mesma vontade de se desenvolver e por isso, até inconscientemente acabam nos puxando para trás.

Passe a identificar o padrão das pessoas que têm o convívio próximo a você. À medida do possível, tente mostrar a elas os caminhos para o melhoramento pessoal. Para que você esteja bem, é preciso que seu ambiente esteja bem.

As energias de terceiros, boas ou ruins, sempre chegam até você, e se não souber como lidar com isso, correrá o risco de baixar a qualidade dos seus pensamentos, sentimentos e atitudes. Quando isso ocorre, na maioria das vezes, não se percebe.

Assim, quando estiver desconfiando que suas atitudes não estão condizendo com a qualidade que você adotou para si, pare e reflita, determinando a volta do padrão que planejou para sua vida.

Suas atitudes também interferem na vida dos que estão perto de você. As pessoas se espelham em pessoas. **Se você evidencia qualidades que todo mundo percebe e admira, você passa a ser exemplo e tudo o que faça estará sendo analisado como ponto de referência para outras pessoas** (até instintivamente isso ocorre).

Se a atitude é de baixa qualidade, estará autorizando para que os seus companheiros de trabalho ou pessoais ajam da mesma forma com relação ao ambiente e a você.

Qualidade espalha qualidade, erro espalha erro. Portanto, cuidado. A sua responsabilidade com o ambiente é muito grande e importante para o seu próprio desenvolvimento.

VRP – VERDADE RELATIVA DE PONTA

O autodidata eficiente é aquele que trabalha sempre com a última informação, a mais nova. Chame isso de Verdade Relativa de Ponta (VRP).

O que é o melhor hoje, certamente deixará de ser amanhã.

O que é a verdade sobre a melhor televisão hoje, não será a verdade sobre a televisão de amanhã. Isso ocorre justamente pela associação de idéias, que cria novos elementos originais e mais lapidados do que os anteriores.

A televisão de 29 polegadas estéreo, por exemplo, de 180 canais, PIP, 800 linhas de resolução, tela plana que era o máximo a 12 anos atrás, hoje não chega perto da televisão feita com LCD e mais de 1920 linhas de resolução em tela de 70 polegadas, com divisores na própria tela para 9 canais diferentes, transmissão de imagem em 3D e espessura de 5 centímetros, pronta para pendurar na parede. Mas se você não souber disso, não estará trabalhando com a Verdade Relativa de Ponta.

Em todo tipo de assunto há uma tecnologia que é a referência mais atual sobre o produto ou serviço. E isso não é relativo apenas aos equipamentos, mas também, à maneira que os serviços são feitos. **Muitas vezes ações simples e descomplicadas resolvem problemas colossais**.

Procurando estar em contato com essas informações você estará muito mais próximo à VRP e, com o tempo, se tornará uma pessoa rica em cultura e conhecimento, com domínio muito grande sobre vários aspectos e capaz de criar coisas e processos originais.

APRENDA A DIVIDIR AS RIQUESAS

Ao identificar um momento onde adquiriu alto grau de conhecimento sobre tecnologias de valor relevante é hora de pensar em dividí-lo com outras pessoas, transmitindo as informações para os mais próximos.

Quem ensina aprende duas vezes. Ensinar é reaprender.

A maior riqueza está nas pessoas que conseguem transferir conhecimento e experiência aos outros, trocando informações que dão a possibilidade de alcançar novos subsídios para a sua própria evolução.

Apesar de ser um vício manter a riqueza material sob um forte esquema de domínio pessoal, aprenda a enxergar o potencial humano e invista nele. **Pessoas são as melhores ferramentas para a geração de riquezas**. Essa movimentação deve ser feita com atenção para que a sua segurança financeira pessoal não esteja ameaçada.

DESCARTE O LIXO

Prepare-se para descartar tudo que for inútil de sua memória. Ela é muito preciosa para guardar 255 piadas, por exemplo. Ao invés disso guarde 255 teses dos mais diferentes autores sobre o incremento do intelecto. Seja um cientista do seu próprio desenvolvimento.

CAPÍTULO VI

Identificando e Melhorando o Tripé

"Todo exagero gera desequilíbrio".

O tripé composto de um lado pessoal, outro profissional e outro financeiro não foge à regra.

Quando fura o pneu de um automóvel, é preciso parar e trocá-lo para que ele possa ter a sua estabilidade garantida. O mesmo acontece se eu tenho no carro um pneu muito cheio de um lado e um vazio do outro. Em qualquer caso, se uma das partes que compõem um conjunto não estiver bem, o todo estará com o desempenho comprometido.

Se em um tripé, um lado estiver maior ou menor que outro, corremos o risco de tombá-lo.

A proposta é de equilibrar as bases da nossa sustentação através da avaliação pessoal correta sobre o que está bom e o que está nos atrapalhando para promover um bom desempenho no dia-a-dia. Aprender a fazer isso não é lá muito fácil, mas precisamos nos acostumar a prestar atenção na harmonia de nossas bases.

As referidas bases são: a pessoal, a profissional e a financeira.

PESSOAL

Equilibrar seu lado pessoal é acertar todos os problemas que tenha em termos pessoais. Relacionamentos com a família, parceria conjugal, filhos, pessoas que fazem parte do seu cotidiano.

É importante o esforço para eliminar dependências emocionais crônicas, dívidas em lojas, cartões de crédito, pessoais com terceiros e "grilos" generalizados produzidos pelo "achômetro".

Resolver estas questões passa a ser prioridade. Sem este acerto fica difícil tocar o seu lado profissional de forma mais otimizada. Uma coisa está ligada à outra.

Toda dependência é um peso que temos que carregar, se pudermos tirar esses pesos aos poucos, estaremos nos dando condições de melhorar o próprio desempenho.

Fugir de problemas pessoais é uma rotina entre as pessoas. O principal fator que sustenta a fuga é o medo. Mas, se estamos aqui para aprender a solucionar os problemas que nos cercam, precisamos encarar e começar a resolvê-los, até porque somos alunos. A nossa maior responsabilidade está em responder a estas situações com trabalho e coragem.

PROFISSIONAL

Equilibrar o seu lado profissional é estar concentrado, imerso, avaliando tudo que envolve o serviço que está fazendo, evitando o devaneio e pensamentos que não têm a ver com o trabalho.

Por isso, **é fundamental estar em dia com o seu lado pessoal**, que normalmente é iniciador de processos que trazem desatenção e falta de concentração nas suas atividades.

Como você poderá melhorar a qualidade do seu trabalho pensando em coisas como a prestação do carro que vence amanhã?

O tempo que você está utilizando para o trabalho é o mais precioso quando se trata de aprender como melhorá-lo. Sem atenção concentrada não poderá melhorar nada.

Na maioria das vezes, novas informações para o desenvolvimento profissional surgem no momento em que se trabalha. Raramente se captam novas idéias referentes à melhoria de uma determinada ação fora do ambiente no qual está inserido.

FINANCEIRO

Equilibrar o seu lado financeiro tem como seu principal fundamento o ato de não gastar mais do que não tenha.

Você pode ganhar muito dinheiro, mas se gasta mais do que tem, vai ser sempre uma pessoa preocupada e o que lhe é pago nunca bastará.

O controle de gastos pode ser feito adotando-se disciplina ao fazer as contas. Programe-se para fazer balanços periódicos (semanais, por exemplo) e previsões orçamentárias (quanto se gastará durante os próximos meses). Acompanhe diariamente o saldo de sua conta bancária e futuras entradas e saídas de recursos.

Estudos aprofundados sobre os seus gastos, depreciação de bens e recursos mal empregados podem revelar prejuízos que você nunca imaginaria que pudessem ocorrer.

FERRAMENTAS

O controle de uma carteira de clientes é uma ferramenta bastante produtiva para o experimento da administração pessoal.

Esteja onde estiver, monte a sua carteira individual de clientes. Ela deve conter um cadastro com os nomes e o maior número de informações possível de cada um. Informações como nome, telefone, endereço, profissão, frequência de compra, tipo do carro que usa, dia do aniversário, se a família do cliente também marca presença no estabelecimento, quem são essas pessoas, registrar os gostos diferenciados do cliente, o que ele mais consome, se é educado ou não, enfim, o máximo de dados possível que conseguir obter.

A carteira de clientes pode lhe trazer grande crescimento profissional e financeiro. Experiências como conversar com um cliente sabendo de seus gostos e manias, perguntar sobre seus parentes pelo nome deles, oferecer serviços que ninguém tenha oferecido antes, corresponder às expectativas do cliente em todos os sentidos quanto ao atendimento, são vivências muito diferentes e compensadoras, independente se está sendo bem pago ou não para isso.

Surpreender um cliente com um telefonema para saber se está tudo bem ou cumprimentá-lo pelo dia profissional dele (dia do médico, funcionário público, da mulher), até mesmo sugerir que ele leve para casa um produto para presentear o cônjuge, são atitudes de muito valor para as pessoas em geral.

Administrar situações de relacionamento dessa forma irá melhorar muito a sua qualidade profissional, o que deverá trazer igual recompensa quanto ao valor do seu trabalho. São boas atitudes que se transformam em boas consequências.

James Hunt, o conhecido autor americano de "O Monge e o Executivo", ilustra muito bem a condição de servidor que o bom profissional deve entender como um instrumento de desenvolvimento. **Estar pronto a servir e surpreender não só o cliente, mas também os parceiros colaboradores é caminho para uma vida melhor e rentável**.

POUPANÇA

Quanto às reservas financeiras, existe um ganho mensal que basta para a manutenção de sua vida no geral. Qualquer quantia a mais que entra no seu caixa pessoal é extra e você não está precisando dela para se manter.

A chave do sucesso financeiro está na reserva que você pode fazer com esse dinheiro a mais.

Temos a tendência de gastar todo o extra que ganhamos. Se ao invés disso pudéssemos abrir uma caderneta de poupança e guardar esse ganho, em pouco tempo teríamos um volume razoável de dinheiro – que pode servir como combustível para o investimento em tecnologias em prol da melhora do desempenho pessoal.

O combate ao desperdício é uma excelente técnica para se obter novos ganhos. Por exemplo, às vezes comemos algo que não há a menor necessidade de comer. Pronto, esse é o momento (apesar de parecer inexpressivo) de se obter mais um ganho extra. Também, às vezes, compramos produtos que acabam vencidos nos armários. Aí está outra oportunidade de ganhar. Outro modo de economizar é evitar saídas e bebedeiras desnecessárias e separar mais um dinheirinho para o caixa. Economizar água, luz e telefone, pode lhe trazer mais rentabilidade e o comportamento sugerido é para eliminar apenas o que não fará nenhuma diferença no seu índice de bem estar.

IMPULSO E PREJUÍZO

A proposta não é virar um pão duro, preso ao dinheiro, de mão fechada até para cumprimentar as pessoas. Mas sim, de não perder oportunidades de se criar uma sólida reserva técnica financeira. **Essa reserva técnica é que vai lhe dar segurança e liberdade de ação quando precisar investir**.

Se tiver nos seus planos adquirir uma geladeira você terá muitas maneiras de comprá-la. Pode ser à vista, no cartão, cheque pré-datado, por financeira, leasing, consórcio ou carnê da própria loja.

Porém, se por impulso você resolve pegar um financiamento de 24 meses para comprar o produto, você irá pagar caro por isso através de juros mensais altíssimos.

Por consórcio ou leasing só com o pagamento da taxa de administração já há um bom prejuízo.

No cheque pré e cartão de crédito, há uma premissa: **se tem alguém lhe dando dinheiro adiantado para bancar a sua conta, alguém vai ter que pagar o juro desse adiantamento**.

Por outro lado, se tiver dinheiro em caixa para pagamento à vista, em "cash", poderá negociar descontos sobre o chamado preço à vista exposto nas lojas. Talvez consiga até 60% de redução no custo original.

A diferença financeira entre as formas de pagamentos é exorbitante. E o prejuízo de não se ter uma reserva técnica para a compra à vista é muito grande.

Veja, o produto custa R$ 1.000,00. Financiado em 24 meses cai para suaves prestações de R$ 100,00 (uma prestação leve que muitos podem pagar). Resultado, a geladeira sai por R$ 2.400,00. Se você pechinchar com o vendedor e conseguir 30% de desconto à vista, a sua geladeira irá sair por R$ 700,00. Muito bem, com R$ 2.400,00 você pode comprar três geladeiras e ainda sobra R$ 300,00. O prejuízo de se pagar os juros é de R$ 1.700,00.

Lembre-se, você só poderá negociar com o vendedor se tiver nas mangas a reserva técnica financeira.

É comum as pessoas se iludirem com suaves prestações. Mas como exercício financeiro, vá a uma loja qualquer e faça as contas sobre as formas de pagamento de vários produtos, só para ver como a coisa funciona na prática.

Na compra de um apartamento a diferença do pagamento à vista para o pagamento financiado em 15 anos pode chegar a R$ 200.000,00.

A RIQUEZA FINANCEIRA QUE PODE ESTAR INVISÍVEL

Talvez esteja na hora de valorizar mais aqueles trocados que torramos à toa em muitas situações do dia-a-dia.

A título de curiosidade, se você economizar em média R$ 6,00 por dia, calculando juros sobre juros, no fim de 5 anos terá dinheiro para comprar um carro popular zero sem muito esforço e sem débitos futuros. Vale à pena? E se puder economizar R$ 20,00?

DINHEIRO NÃO É TUDO

Não adianta uma imensa reserva técnica financeira se não tivermos o tripé equilibrado como um todo. Mesmo porque, o dinheiro não compra o bem estar verdadeiro.

ATUALIZAÇÃO PROFISSIONAL

Se você não estuda para se manter um profissional de primeira linha, mais tarde não terá o mesmo valor que tinha no passado.

É normal que executivos se mantenham em postos avançados e de prestígio por alguns anos. Mas, também, é normal que as empresas percebam defasagens profissionais em seus colaboradores.

A título de exemplo, a história do executivo que parou no tempo mostra bem o quanto é importante a renovação diária dos nossos conhecimentos.

Um dia, o executivo desatualizado é dispensado de seus serviços. É o início de um grande problema. O fato de ter ficado parado e sem colher informações porque achou que estava com o futuro garantido pelo resto da vida, o deixou totalmente desinformado e sem condições de se apresentar como um profissional competente para solucionar problemas do mundo atual. Claro! O tempo passa e as coisas sempre mudam.

Quando uma situação se apresenta assim, é comum que esses profissionais não aceitem a realidade e forcem a barra para se manter no mesmo padrão de vida, sem ter mais dinheiro o bastante para isso.

Na sequência, a pessoa vai pedindo dinheiro a bancos, financeiras, agiotas, até que começa a perder o patrimônio como casas e carros.

Aí temos um exemplo de como uma situação profissional desestabiliza a financeira. E, não manter uma reserva técnica em sua conta bancária, pode comprometer a sua auto-estima e a capacidade de recuperação.

O CONJUNTO EQUILIBRADO

Se não resolve seus problemas de relacionamento com as pessoas, colocará em risco a própria felicidade. Uma coisa não se completa sem a outra.

Não há dinheiro que compre a felicidade. Não há qualidade profissional que lhe dê uma boa relação entre você e as pessoas do seu círculo de convívio. Da mesma forma que boas relações não garantem a sua reserva técnica financeira. Portanto, **é um conjunto de sustentação harmônico, capaz de dar o equilíbrio necessário para que você seja um grande profissional, com uma boa reserva técnica financeira e feliz nas relações com as pessoas**.

CAPÍTULO VII

A Força Relevante do Conjunto

MINIPEÇAS E MAXIMECANISMOS

O nosso comportamento mais individualista ofusca a visão de conjunto e das responsabilidades.

A nossa função dentro de um grupo tem uma importância que raramente damos o valor merecido. Para entender isso melhor, posicione-se no quadro que segue.

Dentro de um maximecanismo como o de um relógio de pulso, por exemplo, existem inúmeras peças que formam um conjunto. Cada uma tem a sua responsabilidade. Se uma não funciona bem, todo o grupo fica comprometido.

Em outra escala, o relógio é uma minipeça dentro do maximecanismo de uma pessoa. E ela precisa acordar às 5h da manhã porque tem um compromisso sério às 7h. O seu relógio pára às 3h. Essa pessoa, um piloto de uma companhia aérea, quando verificou o seu relógio às 5 (ele marcava 3h) acabou por dormir mais 2 horas seguidas. Porém, às 7h, por algum motivo, a companhia não tinha escalado o piloto reserva e os passageiros não puderam viajar. O piloto, uma minipeça no maximecanismo da companhia, simplesmente não cumpriu o seu papel dentro da empresa em que trabalha. E a companhia, uma minipeça no maximecanismo de 237 passageiros, falhou também, 237 vezes.

Setenta e um por cento desses passageiros estavam viajando para fazer negócios que não puderam ser fechados. E uma dessas empresas, representada por um dos passageiros, precisava ser absolutamente pontual no seu encontro para provar que era capaz de honrar compromissos. E assim, poder fechar o negócio de sua existência, no qual garantiria verba suficiente para pagar o salário de seus 200 funcionários por mais de 4 anos. Tudo foi perdido.

Vivemos em grupo e é fácil visualizar a nossa importância dentro dele. **Tudo que acontece, acontece em grupo. Uma atitude ou a falta dela afeta todo o conjunto. E, quase sempre, não sabemos qual o resultado de um pequeno movimento que fizemos sem pensar, se perpetuando por aí, como um efeito dominó, numa reação em cadeia**.

Portanto, vale a reflexão: como vai a sua responsabilidade enquanto minipeça, quando influi decisivamente nas vidas de outras pessoas? Como estão as minipeças que compõem o seu maximecanismo pessoal? Como vai você, minipeça, diante de maximecanismos como os da empresa em que trabalha? As pessoas podem confiar em você, minipeça, como você confia no seu relógio? O que faz quando não pode mais confiar no seu relógio?

O motivo pelo qual se torna importante trabalhar em um conjunto equilibrado é para que o todo funcione melhor.

Se o todo funciona melhor, temos a condição de viver em um ambiente mais polido e, dessa forma, obter maiores chances de desenvolvimento.

O ambiente bom sinaliza bem estar, alegria, produtividade, esforço dividido, conexão de idéias e resultados multiplicados. Nele, muitas pessoas são capazes de influir positivamente na qualidade do trabalho dos colegas, onde organizam para melhorar o conjunto e, automaticamente, colaboram para elevar a qualidade de vida no local de trabalho.

CONECTANDO IDÉIAS

Neurônios são usados para enviar e receber informações. É dessa forma que, combinando idéias, as pessoas criam novas situações se utilizando de dados anteriores para compor com uma nova informação. Quanto mais exercícios de desempenho fazemos com o nosso cérebro, mais capacidade nós temos para juntar informações e formar uma cadeia de conexões mais preparada para criar.

Em outra escala, imagine usar pessoas para fazer conexões de idéias e pense sobre a enorme variedade de soluções que poderão aparecer.

O processo criativo e realizador de duas pessoas se torna superior e muito mais rápido por causa da troca de informações entre elas.

Podemos imaginar, também, com que rapidez uma equipe de 10 pessoas poderia criar novos processos renovadores e com tecnologias de ação muito mais sofisticadas do que se fossem desenvolvidas por uma só pessoa.

Lembremo-nos do exemplo do craque do futebol – por melhor que seja o jogador, ele não tem condição de lançar, cruzar e cabecear ao mesmo tempo. Quem acha que consegue fazer isso sozinho, mesmo administrativamente falando, está redondamente enganado e perdendo tempo com gerenciamentos e lideranças completamente míopes e, definitivamente, não conhece a força de um grupo.

A maioria de nós não consegue trabalhar em conjunto sob o pretexto de que não há profissionais para acompanhar o ritmo dos trabalhos. É importante lembrar que isso tem a ver com vaidade e medo. A vaidade porque não quer correr o risco de que alguém apareça na empresa melhor do que você e medo pela possibilidade de perder a função que há tanto segura com unhas e dentes.

Não há maneira de fazer evoluir uma empresa se não for por um processo onde o conjunto seja a força motriz. Rever o próprio posicionamento é o princípio para as mudanças.

O QUE ESTAMOS SENDO DIANTE DO QUE PODERÍAMOS SER

Numa pesquisa feita em 1999, no Brasil, sobre o nível de esforço aplicado por gerentes em diversos pontos comerciais, foi revelado um resultado surpreendente. **O estudo mostrou que em média, os gerentes estavam dando de si, 7% do seu potencial real na execução de suas tarefas profissionais**.

Isso aconteceu porque na realidade eles apenas estavam dando uma resposta ao que a empresa exigia deles e não o que realmente eles poderiam fazer na totalidade de suas potencialidades.

Em se tratando de uma empresa líder nacional em seu ramo de atividades, a conclusão sobre os esforços de seus componentes foi uma surpresa.

Na reunião que trouxe essas pessoas para comentar o assunto, aprofundou-se no tema da recuperação das potencialidades, usando o argumento do desenvolvimento pessoal e profissional, como o objetivo primário de qualquer ação. A conclusão foi de que adotando-se esse enfoque, seria possível aumentar e muito o desempenho nas funções e ir além delas, inclusive.

Por que melhorar? Em princípio, por você mesmo.

Numa pesquisa seguinte sobre o nível de desempenho que seria possível alcançar, chegou-se a uma nova medida de potencial. A resposta foi de que 70% de esforço, em média, já poderia ser aplicado imediatamente. Foi uma conclusão que surpreendeu a todos da mesma forma que a primeira pesquisa o fez.

Podemos imaginar uma situação onde cada componente de sua equipe pudesse melhorar imediatamente o seu nível de aplicação de 7% para 70%? Já pensou no resultado que um grupo como esse pode alcançar profissionalmente? E as relações entre as pessoas? Que incríveis ganhos pode-se obter com elas?

SENSO DE GRUPO

Num processo de minipeças em maximecanismos é preciso haver sincronia, simetria, coesão, responsabilidade, senso de grupo, encaixes perfeitos entre o fim de um trabalho e o começo de outro.

Esse compromisso e respeito entre as partes é o que torna o trabalho em grupo muito mais produtivo do que o individual.

Veja, alguém muito bom lançou a bola na linha de fundo, alguém muito bom recebeu a bola e cruzou de maneira perfeita para outro alguém igualmente competente, que arrematou a jogada com uma cabeçada certeira no ângulo. Os jogadores, minipeças, fizeram a sincronia, com simetria e senso de grupo que transformou a equipe num maximecanismo realizador.

Uma equipe assim faz muito mais gols que uma equipe de um jogador que sabe muito, mas que insiste em fazer tudo sozinho. Uma equipe de uma pessoa só não passa de uma minipeça. Uma minipeça faz muito menos perto do que uma equipe unida pode fazer.

Vale uma revisão sobre o nosso papel dentro da nossa equipe e a importância de sermos uma minipeça.

MAXIMECANISMOS SOCIAIS E FAMILIARES

Grupo não é só profissional, também existe o familiar e o social. É positivo que façamos uma análise mais profunda sobre as nossas relações, enquanto minipeças de um meio familiar e social.

A melhor advertência que você pode fazer a uma pessoa ou a uma equipe que não esteja bem num grupo é dar o exemplo de como se faz com as próprias atitudes.

Não existe coisa mais prática do que uma atitude positiva e profissional para se mostrar a alguém o que é possível fazer para evoluir.

Mesmo com as inconvenientes e traiçoeiras situações que por ventura apareçam em seu caminho, insista em dar o exemplo positivo às pessoas e, assim, aos poucos, melhorar a qualidade de todos à sua volta.

Lembre-se que as dificuldades são um prato cheio para o entendimento das coisas, encontro de soluções e a consequente evolução.

Questione-se sempre: isso é o melhor que eu posso fazer nessa situação? Assim, terá sempre como medir a qualidade suas ações dentro dos diversos meios em que está vivendo hoje.

O nível das pessoas – minipeças – também faz diferença na qualidade final dos maximecanismos.

Se temos uma pessoa muito informada, profissional, com o cérebro ativo, criativo, que está a todo instante procurando novidades para o enriquecimento pessoal, será muito difícil o diálogo com uma pessoa que não lê, que seja profissionalmente desatualizada, fixada nos afazeres do dia-a-dia, sem nada a acrescentar ou diminuir.

Com quem você está se relacionando?

É possível servir a sua família com tempo e atenção, exaltando a vontade de ajudá-la a ser melhor?

GÊNIOS MUDOS

O problema de comunicação e o desenvolvimento de parcerias saudáveis é tão sério que existe uma categoria de pessoas que por inúmeros motivos se sente só e sem perspectivas de realização dos seus projetos. Assim é o Brasil dos gênios que não conseguem falar das suas idéias com ninguém e acabam sendo obrigados a deixar o país, procurando contato com pessoas que entendam o que eles falam.

O fato do Brasil não conseguir difundir informações de qualidade para muitas pessoas em diferentes regiões, faz com que haja a migração de inventores, gênios de faculdades como matemática, engenharia, química e física, entre outras, para países que acabam por receber e alocar essas pessoas no seu devido lugar. Isto é, ao lado de gente que tenha um nível de conhecimento que permita o desenvolvimento das idéias e posterior execução de projetos.

Como se vê, **a formação de um grupo que tenha capacidade de entender o que seus componentes estão apresentando é vital para o progresso de uma equipe.** E o exemplo pessoal é o início de tudo.

VRP EM GRUPO

Também, existe a Verdade Relativa de Ponta (VRP) que é pertinente aqui porque se relaciona às tecnologias desenvolvidas em ações empregadas em sistemas operacionais, ou métodos inovadores de atendimento e logísticas dentro de equipes, produtos e equipamentos.

Equipes podem desenvolver tecnologias de atendimento de última geração criando uma VRP. Fazer desse modelo um padrão de conduta profissional pode agregar ao grupo a competência e a inovação como marcas registradas da equipe.

As melhores tecnologias em qualquer assunto que se imagine são provenientes de trabalhos em grupo.

Uma equipe que tem em cada componente um pesquisador ferrenho, que traz sempre uma idéia nova a ser testada e somada às idéias de outros componentes do grupo, ganha muito em originalidade e diferenciais, mantendo a renovação contínua de suas tecnologias, sempre em dia com o melhor que pode ser feito. Esse resultado é algo que jamais uma pessoa só poderia fazer.

Para verificar a qualidade da sua equipe, o ideal é começar por você.

Que tipo de pessoa você está sendo hoje? Positiva, criativa, alegre, renovadora, persistente, responsável, profissional, companheira, estudiosa, observadora, objetiva, organizada, realizadora ou o contrário?

Faça a crítica de si mesmo!

FUNDAMENTAÇÃO

Além do exemplo pessoal existe outro fator que faz muito pelo desenvolvimento de um grupo. É a ação fundamentada, explicada, onde se toma uma atitude dizendo o porquê.

O mais importante é levar ao conhecimento da equipe, de modo bem detalhado, as razões que motivaram um novo comportamento profissional e os objetivos que se pretende alcançar com a nova metodologia.

Quem tem a informação é o único que pode passá-la à frente e é dele ou dela a responsabilidade de fazer isso bem feito. Portanto, é preciso encontrar a fórmula para que as pessoas entendam a informação.

Muitas vezes será necessário metaforizar, contar uma história que represente a mecânica da idéia que está querendo passar de forma mais simples, usando figuras e cenas do cotidiano para fazer as pessoas entenderem o que se quer dizer.

ANTAGONISMOS

Mudanças mexem com as pessoas. É natural que apareçam reações contrárias quando se inicia algo diferente. Tanto de nossa parte quanto dos elementos da equipe na qual estamos inseridos, esse posicionamento mais impulsivo precisa ser previsto, ao mesmo tempo em que nos educamos para provocar o entendimento do que se pretende com as ações apresentadas.

Ocorrências negativas que envolvem as pessoas muitas vezes de maneira gratuita e até mesmo insana, sem consciência dos próprios atos, abortam grandes idéias. **Dizer "não" aborta grandes idéias**.

Na verdade, temos que aprender a lidar com situações de todo tipo e procurar a melhor solução para todos.

Mesmo você sendo um bom profissional, não terá a capacidade de realização que tem um grupo unido na realização de um trabalho. O grupo sempre será mais rápido. Por isso é melhor considerar sempre a participação das pessoas para fazer fluir as idéias.

Quando alguém quer fazer as coisas sozinho, as pessoas que estão no mesmo ambiente de trabalho começam a criar resistência para que o serviço dele não se sobressaia perante o do resto da equipe.

Se deixar instalar um ambiente de superioridade e competição entre as pessoas de uma mesma equipe de trabalho, não haverá avanços substanciais nos profissio-

nais que ali estão. Consequentemente, terá uma equipe que estará realizando um trabalho de qualidade muito inferior ao que poderia desenvolver.

O SEGREDO

O segredo de uma equipe de trabalho competente está na sintonia, colaboração, entendimento, sinergia, sincronismo, organização, distribuição, parceria e união em torno de um mesmo objetivo, comum a todos.

Se todos quiserem chegar aos 70% de potência, ou até mesmo 100%, serão muito mais fortes e rápidos do que apenas um bom profissional tentando dar conta do recado.

Em várias ações no dia-a-dia podemos perceber o quanto pode ser brutal a diferença entre o trabalho individualizado e o grupal.

Repare que se você trabalha em conjunto, muitas vezes, dependendo do número de pessoas na equipe, a rapidez na execução de tarefas fará com que o serviço que normalmente ficaria pronto em 1 dia, seja realizado em 1 hora. A diferença na produtividade pode ser gigantesca.

Mais vantagens são percebidas quando levamos em consideração a experiência vivida na execução de tarefas em grupo. **Se durante a sua vida profissional você estiver realizando muito mais coisas em conjunto do que trabalhando sozinho, as chances de conhecer novas tecnologias e métodos serão muito maiores**.

Isso fica claro quando percebemos a grande teia de idéias que se forma a partir das experiências individuais de cada parte do grupo.

É preciso esforço e dedicação pessoal para as mudanças acontecerem. Trabalhar em conjunto não é fácil. Mas, se você quer acelerar seu processo de evolução será necessário se adaptar a este conceito.

Quem aceita conviver em grupo vê suas chances de desenvolvimento evolutivo se multiplicarem por muitas vezes.

CAPÍTULO VIII

INSTRUMENTAL

Naturalmente, pelo nível de proteção instintiva, é possível considerarmos o nosso corpo como o maior patrimônio físico. Assim sendo, ele deve ser a prioridade de manutenção e desenvolvimento.

Manutenção não quer dizer apenas comer e ir ao banheiro. **O corpo precisa de ação para sobreviver. Quanto mais ativo, mais produtivo será e maior sobrevida terá**.

É como a água, ela precisa estar em movimento para não apodrecer. Por exemplo, quando ativamos nossos músculos com frequência, com o tempo eles vão adquirindo força e resistência. Quando ativamos o cérebro, com o tempo ele vai adquirindo mais capacidade de raciocínio e memória. Quando nos concentramos em determinado tipo de trabalho, vamos adquirindo habilidades para fazê-lo cada vez mais rápido e melhor.

Vale pensar no valor real que estamos dando a tudo isso. Que tipo de manutenção estamos dando ao corpo? Que tipo de desenvolvimento estamos promovendo através dele? Por que nós ganhamos tão sofisticado equipamento se estamos vivendo de uma forma tão simples e pobre de realização? Será que não existem trabalhos mais importantes a serem feitos, levando em consideração a capacidade desse instrumento?

CONHECIMENTO

O conhecimento é o alimento da evolução. Sem ele é impossível alcançar novos caminhos, criar novos conceitos, entender nossos processos de ação e reação ou solucionar nossas principais dificuldades do dia-a-dia.

Através dele podemos discernir sobre as mais simples e as mais sofisticadas ações.

Conhecimento adquirido não é o conhecimento escutado duzentas vezes, é o entendido uma única vez. Esse é o patrimônio maior que jamais poderá ser retirado de quem o tem.

Às vezes precisamos escutar mil vezes para entender e transferir a informação para a nossa essência e passar a agir com naturalidade, sem forçar a barra, considerando o novo referencial entendido. Isso é normal. Não é burrice. **A transferência de uma simples informação do raciocínio para a essência do ser pode demorar a vida inteira**.

A informação é o primeiro momento; através dela a pessoa poderá realizar a prática e somar experiências a cada investida que dá sobre o desconhecido. Aí está o verdadeiro valor de uma pessoa, o nível de seu conhecimento, realização e vivência.

FERRAMENTAS

O maior e mais complexo instrumento está no campo profissional, onde normalmente acontece o maior número de relacionamentos de uma pessoa.

É a empresa na qual trabalha um excelente lugar para que se possa aprender a lidar com uma série de situações novas. Além de viver inúmeras experiências interpessoais, é possível aproveitar a estrutura da empresa para aplicar idéias originais na prática.

Porém, é preciso ter uma visão que seja compatível com a meta de evoluir.

Se estiver na empresa com o objetivo de ganhar o salário no final do mês, fará apenas o suficiente para se manter no emprego e provavelmente reclamando do baixo ganho que tem. Mas, se sua intenção é aprender como as coisas funcionam nos mínimos detalhes, o ponto de vista muda. Você passa a utilizar a empresa como meio de sua evolução pessoal e profissional e no final do mês ainda recebe um trocado.

Pense bem, receber gratuitamente pontos comerciais para trabalhar o seu atendimento a clientes, instruções para que possa fazer o serviço bem feito, técnicas administrativas para entender de áreas financeiras e organizacionais, estrutura para dar suporte ao seu aprendizado, são excelentes plataformas para promover o seu conhecimento.

Em muitos casos, como o cargo de gerente, por exemplo, a pessoa tem à disposição funcionários, capital de giro, produtos para venda e a experiência administrativa da empresa, tudo para aprender na prática a ser um empresário, sem correr nenhum risco no negócio, tendo em vista que todo o investimento financeiro vem da parte da empresa na qual está trabalhando.

Qual universidade lhe ofereceria tais condições de aprendizado e ainda lhe pagaria um montante no final do mês?

Outro instrumento importante para o desenvolvimento são os ambientes em que está vivendo. A família e o social em geral.

Tire partido de poder experimentar relações entre as pessoas que fazem parte de seu círculo e aprender com elas. Cada pessoa em particular pode lhe ensinar algo, basta que esteja atento para isso.

OBSEVAÇÃO E ANTECIPAÇÃO

Aprender a lidar com as pessoas faz parte do currículo de quem quer evoluir.

Quem presta atenção nas atitudes e consequências de terceiros pode tirar muito proveito para não cometer erros comuns.

Entender de pessoas é muito difícil. Mas, se conseguir, com certeza você sofrerá muito menos. Isso acontece porque, **ao considerar antecipadamente a hipótese da ação negativa, você será capaz de compreender a atitude imatura de uma determinada pessoa no momento que acontecer**. Vai ver que não há porque se aborrecer com a infantilidade dos outros.

A imaturidade é um problema que cada um tem que resolver e se preocupar com a sua. Você não precisa se preocupar e nem sofrer com a dos outros. Apenas considere que a atitude de baixa qualidade pode ocorrer e esteja preparado emocionalmente para ela. Só isso.

Você poderá aprender muito com as pessoas. Use-as como objetos de estudos e fonte de informações. Preste atenção nelas.

EXPERIÊNCIA

A experiência é um instrumento fantástico. É daqueles que enquanto todo mundo espera um determinado desfecho de uma situação, quem tem a experiência já sabe que o resultado é outro completamente diferente, e se prepara para ele.

Mas a experiência só vem com muito tempo de trombadas por essa vida. E trombada só coleciona quem tem coragem de enfrentar o dia-a-dia. **Quem quer experiência de valor não pode dar espaço para o medo**.

A experiência vem com a experimentação. Cada experimento lhe dará um resultado. Cada resultado é guardado em sua memória e, quando uma situação semelhante aparece, você consegue discernir melhor sobre o que poderá fazer diante do fato.

Assim acontece com tudo que experimentar. Por isso é importante que você possa fazer coisas diferentes na sua vida, para que tenha o maior número de experiências possível.

O entendimento de que experimentar é fundamental para o desenvolvimento pessoal e profissional é tão importante que muitos especialistas em recursos humanos criticam abertamente a estabilidade empregatícia, justamente porque ela garante o futuro do funcionário na empresa, desmotivando-o na procura de novos caminhos para a companhia e para si mesmo.

Por incrível que pareça, o que pode dar ganho e segurança real para alguém é justamente um volume razoável de informações, práticas e experiências. Tudo que a estabilidade, nos moldes (especialmente a oferecida no setor público) que conhecemos, acaba por inibir no momento em que é conseguida.

MEDIDA DA CAPACIDADE DE GERAR SOLUÇÕES

Para medir o nosso nível de experiência, precisamos avaliar o que temos assimilado do momento em que nos percebemos como gente até o momento atual. Precisamos avaliar o que realmente conhecemos sobre as coisas e as pessoas. Não vale chutar, só vale o que realmente sabe. A experiência é o certo sobre o duvidoso.

Para ter a possibilidade de uso da experiência como instrumento para o seu processo evolutivo é preciso uma série de práticas sobre um mesmo assunto até que se saiba qual é a verdadeira solução para os casos. Verificando todas as possibilidades, adquiri-se experiência sobre o assunto e tem-se a sua capacidade de solucionar mensurada.

ORDEM DE PRIORIDADES

Veja se o que quer a maioria de nós está nessa ordem de prioridades: dinheiro, casa, carro, eletrodomésticos e outras coisinhas.

A título de experiência avalie uma outra ordem de prioridade: conhecimento, prática, experiência e dinheiro. Inverter a ordem de valores pode ser uma saída para bons resultados financeiros.

Na primeira sequência apresentada, o dinheiro está como o objetivo principal de qualquer atitude que a pessoa tome. Na segunda listagem, o dinheiro é apenas uma consequência do volume de experiência que a pessoa adquiriu.

Usando a primeira sequência de prioridades você encontra tudo que a grande maioria quer e pouquíssimos que baseiam as suas ações nessa teoria conseguem. Isso acontece porque **ninguém ganha dinheiro antes** de tudo.

Toda pessoa bem sucedida acabou passando pelo caminho do aprendizado para depois experimentar a consequências de um bom trabalho, que é o profissionalismo, o reconhecimento e o dinheiro no bolso.

Lembre-se: **é muito mais fácil o conhecimento fazer dinheiro a qualquer momento, do que o dinheiro fazer surgir o conhecimento**.

É como a história de um médico que diz que quando o dinheiro dele está perto do fim, escreve um livro sobre as suas novas experiências, produz como de costume um “best seller” e sai fazendo palestras por vários países sobre o que escreveu. Segundo ele, não se preocupa mais com dinheiro, porque dinheiro ele faz a hora que quiser.

EQUILÍBRIO

Como já falamos, tudo em excesso pode causar sérios estragos.

O segredo dos grandes atletas é a dosagem de suas forças enquanto estão em atividade, tanto em treinamento como em competição. Vence quem tem melhores condições físicas e de controle de gastos energéticos. Quem não sabe equilibrar a liberação de energia durante as provas, não tem condição de vencer.

O segredo dos grandes administradores é manter o equilíbrio financeiro em suas empresas e instituições. Isso se dá quando existe a reserva financeira. A reserva é o que proporciona o equilíbrio durante os processos de entrada de recursos e despesas, que nem sempre são equilibrados. Aí entra o dinheiro guardado como instrumento de saneamento financeiro.

EMOÇÕES

“Pancada”, “pirado”, “pinel”... Toda hora ouvimos comentários dos mais diversos sobre estados psicológicos catastróficos provocados por desequilíbrio emocional. A expressão "aquilo é um desequilibrado mental" ilustra bem isso.

As pessoas se desequilibram emocionalmente porque lhes faltam informações. Quando elas não têm conhecimento para argumentar com outras pessoas e, especialmente, consigo mesmas, partem para a violência verbal e até mesmo física, aí fica claro o desequilíbrio emocional. É difícil nos livrarmos da impulsividade de uma raiva, de um ódio esporádico ou de uma discussão mais alterada. Maturidade é a chave.

Essa ação de se partir para a violência é normalíssima no mundo animal. Mas é certo, também, que a nossa condição humana, nos deixa numa posição um pouco melhor para que possamos agir com maior discernimento e equilíbrio.

Há uma receita para ir trabalhando melhor essa reação mais animalesca e que gera desequilíbrio e estresse emocional: compreender que todos nós estamos em desenvolvimento e alguns ficam um pouco para trás e outros estão um pouco à frente. Aceitar racionalmente a condição evolutiva do oponente ou do causador do problema é de fundamental importância para não cair no estresse de um evento emocional negativo.

Não exija o que não pode ser dado. Cada um dá o que tem para dar.

Quanto maior o número de informações e experiências puder obter nessas aventuras emocionais, mais subsídios terá para compreender as situações do dia-a-dia e, consequentemente, maior controle terá sobre ações impulsivas.

Uma ação emocional impulsiva quase sempre é uma atitude negativa em resposta a algum acontecimento. Já sabemos quais são as consequências de atitudes negativas e o efeito dominó que pode vir por trás de qualquer ação. Por isso é importante perceber quando está prestes a perder o equilíbrio e reagir impulsivamente. O controle sobre esse tipo de sentimento está no raciocínio. Pense antes de agir.

PLANOS

Em termos práticos, o que esperamos de nós mesmos? Qual é o objetivo final de nossas atividades durante toda a nossa vida?

Realizar é tornar verdadeiros os seus planos. Portanto, se não houver planos em sua mente, não poderá provar o gostinho de estar realizado.

Primeiro, um planejamento global. Não precisa ser algo mirabolante e cheio de estratégias complexas. Basta, por exemplo, fechar alguns acordos evolutivos com você mesmo e já terá um plano para realizar.

Depois que cumprir as suas metas iniciais, sejam de ordem pessoal ou profissional, e já ter criado um sistema de aprendizado contínuo e de dominá-lo sem muito “stress”, poderá sofisticar mais um pouco e criar novas e mais complexas tarefas. Faça as coisas mais simples primeiro.

Só nas áreas de organização pessoal em nível familiar, cuidados generalizados como a manutenção da qualidade dos pensamentos, organização educacional e profissional, e a vivência de novas relações baseadas em conceitos mais maduros, você já terá um bom trabalho para potencializar o seu processo de crescimento.

A diferença entre os milenares conceitos filosóficos e a realidade dos fatos está na realização do que foi pensado ou dito. Isso se chama “verbação” (verbo+ação) – o que foi dito corresponde à ação.

Filosofar é bom, mas o que dá resultado mesmo é ação. Se tudo que foi dito pelos grandes pensadores tivesse sido feito, com certeza a nossa condição de desenvolvimento atualmente seria muito melhor.

Não espere que o que está escrito aqui seja um botão de funcionamento para que possa fazer as coisas que precisa. Para que elas aconteçam será necessário que mexa a sua mente e os seus músculos, e que esteja determinado a promover as mudanças que deseja em sua vida.

Não há realização sem ação.

CAPÍTULO IX

INIBIDORES DA EVOLUÇÃO

CRÍTICA

Mais uma vez o medo se posiciona como entrave à nossa evolução.

O que será ressaltado nesse ponto é a crítica externa, que pode nos fazer crescer ou diminuir nas empreitadas da vida.

A crítica não deve ser usada mantendo em suas entrelinhas o julgamento das pessoas. No máximo, ela deve avaliar as atitudes.

Na verdade, **a crítica é um ponto de vista diferente sobre as suas atitudes, que você mesmo desconhecia**. Portanto, é uma informação valiosa que nos chega e pode ajudar muito no aumento da nossa qualidade pessoal.

Se a crítica for vista de uma forma negativa, jamais poderá contribuir para o desenvolvimento. Pelo contrário, quase sempre depois de uma análise crítica, achamos que ela foi negativa e de uma forma ou de outra ela acaba nos diminuindo. Se for encarada dessa forma, ao invés de nos ajudar, ela nos atrapalha, como é de praxe.

O ideal é que possamos aproveitar a crítica externa para nos conhecermos mais. Aproveitar a visão de um ângulo que não temos a possibilidade de ver.

Se uma pessoa acha que somos ou agimos de uma maneira que nos surpreende, precisamos entender porque ela está pensando assim. Veja, se ela percebeu algo negativo ou positivo, é porque de alguma forma ela está vendo isso. Aí entra a nossa capacidade de aceitação e análise de uma realidade desconhecida.

Melhor do que contabilizar coisas negativas ditas pelos outros sobre nós, é contabilizar soluções práticas para essas críticas. Como posso melhorar a minha atitude diante dessa visão que eu desconhecia? O que posso fazer de prático?

Também é proveitoso darmos o devido valor a essas críticas. Ora, uma informação realista que desconhecíamos sobre nós mesmos é de extrema valia e não se acha por aí com facilidade. Isso acontece porque **quem critica também precisa de coragem para fazê-lo**.

É muito bom que possamos ter maturidade para assimilar as colocações alheias e assim melhorar a nossa qualidade pessoal e profissional.

BAIXA AUTO-ESTIMA

O valor da auto-estima está no real sentimento que temos por nós mesmos. Se nos sentimos tristes e sem perspectiva e esperança é sinal que a auto-estima está em níveis baixos. Se nos sentimos alegres, cheios de vida e com um futuro maravilhoso à frente, nossa auto-estima está alta.

Várias coisas podem afetar a nossa auto-estima. Os níveis de produção, conquistas, altruísmo, colaboração e de compartilhamento, entre outras coisas, podem nos deixar felizes ou tristes.

A estagnação é produtora do sentimento de inutilidade. Verificar que estamos parados no tempo pode nos levar a encontrar a fronteira da própria vida. Muita gente no limite, desiste por esse motivo.

Portanto, é muito importante que possamos ter olhos bem abertos para sabermos distinguir quais os reais valores de nossas realizações.

SHOW

O inverso da sensação de estarmos boiando no tempo, é o trabalho, a construção, o desenvolvimento, a criação. É a visão ampliada pela força do conhecimento, a criatividade natural pela força das informações e a conexão de idéias pela força da experiência. É reconhecer em si um ser de produção, de coragem, de ação, que não quer mais parar de crescer, de evoluir e de fazer o melhor que pode. É tornar sua essência rica e pronta para realizar para si e para os outros. É ser promotor de seus conhecimentos e aluno assumido do desconhecido, pronto a enfrentar a renovação. É aproveitar cada segundo, cada detalhe, para o enriquecimento de seu ser. É fazer valer a sua oportunidade de vida, dando um verdadeiro show de investimento na evolução.

Para que não vivamos mais nossos entraves evolutivos precisamos reconhecer quais são essas barreiras. **Faça uma relação dos seus pontos fracos e assuma-os. São eles que nos deixam com baixa auto-estima**.

ANÁLISE

Ao mesmo tempo, reconheça os seus valores, as suas qualidades pessoais. Relacione-os por escrito e faça o confronto entre as suas qualidades e os seus pontos fracos. Não se subestime nesta relação porque você tem muita coisa boa dentro de si. Não fuja da raia dizendo que não tem competência para se superar. Se esquivar do auto-enfrentamento é muito comum entre a maior parte das pessoas. Seria muito fácil sair do confronto dando a desculpa da incompetência. Lembre-se, **as coisas que são fáceis não têm valor, todo mundo pode fazê-las**.

Você já tem informação suficiente para rejeitar um nível menor do que é realmente capaz de alcançar. Vença a facilidade do não fazer. Vença a crítica negativa usando-a como um instrumento de crescimento.

Para alcançar uma alta auto-estima rapidamente produza coisas bem feitas, de qualidade. Seja uma pessoa boa tratando as pessoas com respeito, verdade e alegria. Seja uma pessoa limpa, organizada e civilizada, fazendo as coisas certas que todos nós já conhecemos. Ajude as pessoas com seu conhecimento, a sua prática e as suas experiências. Ajude as pessoas a pensarem positivamente, construindo um meio-ambiente melhor para todos.

Há muito que fazer para sairmos de uma condição ruim de baixa auto-estima para vivermos uma vida positiva.

PENSENES* – PENSAMENTOS, SENTIMENTOS E ENERGIAS

**neologia criada pelo médico e pesquisador da consciência Dr. Waldo Vieira.*

FREQUÊNCIA

Pensamentos geram sentimentos, que geram energias, que geram ação em alguma frequência.

Para entendermos isso de uma maneira bem simples, precisamos entender a frequência de maneira prática.

Quando ouvimos uma rádio estamos ouvindo uma música que está sendo tocada em uma determinada frequência, a frequência da rádio. Esta é uma linha de comunicação onde a informação gerada em um extremo (a rádio), chega a outro por um caminho sutil, que não podemos enxergar.

Quando há a movimentação de um corpo denso como um braço, por exemplo, atuamos também dentro de uma frequência, só que mais densa.

Quando pensamos, estamos fazendo com que uma informação voe por uma frequência até outros pontos que possam ser capazes de receber essa informação.

É ingênuo pensarmos que nossos pensamentos e sentimentos não possam ser lidos por outros. Isso só depende de um receptor que seja capaz de ler a sua frequência.

O neurocientista brasileiro Miguel Nicolelis, pesquisador do Pentágono americano, é especialista no assunto e consegue fazer com que suas macacas (animais próprios para experimentos) mexam elementos mecânicos a longa distância apenas com comandos elétricos emitidos pelo cérebro delas. Os equipamentos recebem a informação das macacas por sinais emitidos na frequência cerebral dos animais.

Nós, muitas vezes fazemos essa leitura sem perceber, avaliamos determinado tipo de pensene percebendo a sua qualidade, mas sem dar muita importância para isso.

Um exemplo é quando reconhecemos uma pessoa que está triste entrando em um ambiente sem que ela diga uma palavra. Quantas vezes fomos capazes de perceber as energias de pessoas tristes ou alegres, amorosas ou raivosas?

Só há um jeito de perceber como está o pensene de uma pessoa. E é através da frequência que ela está emitindo estas energias.

Da mesma forma que sintonizamos uma rádio para escutar determinado tipo de música em uma frequência específica, nós podemos determinar o padrão de "pensenes" que queremos acessar. Mas, para isso precisamos aprender a controlar nossa mente, onde tudo começa.

O que faz os pensamentos, sentimentos e energias estarem em um determinado padrão é a qualidade deles. Se estamos com boa qualidade em nossos pensenes, a tendência é que pessoas que têm pensenes do mesmo padrão comecem a se aproximar, formando um ambiente de boa qualidade.

O inverso também acontece. Quando temos um pensene de baixa qualidade, a tendência é estarmos mais próximos de pessoas do mesmo nível.

Acontece, também, de uma pessoa boa ser influenciada por tipos de pensenes ruins, doentes e assediadores, daqueles que podem até induzir que uma pessoa faça o que ela considerava que jamais faria.

ASSÉDIO E INDUÇÃO

Vários exemplos disso ocorrem em nosso dia-a-dia e na televisão vimos coisas que chegam à barbarie. São situações que certamente foram induzidas por um padrão de pensamentos, sentimentos e energias de péssima qualidade.

O caso do índio queimado por quatro adolescentes em uma parada de ônibus em Brasília, fato que causou imensa perplexidade em toda sociedade brasileira, mostra uma situação desse tipo onde, pelas declarações dos acusados, foi possível identificar o assédio de uma das pessoas do grupo sobre as outras.

Muitos dos que conheciam as "crianças" que queimaram o índio deram declarações de que eles se tratavam de pessoas boas, comuns e que era impossível acreditar que aquilo poderia ter sido feito por eles.

Pois bem, a força do pensene de um deles mexeu com a lucidez do restante do grupo, que acabou aceitando um padrão de atitudes de baixa qualidade.

Mesmo que, momentaneamente, o padrão caiu tanto que eles foram capazes de matar o índio jogando combustível seguido de fogo, provocando um incêndio com um nível de crueldade raramente visto.

Será que também somos vulneráveis a esse nível? É bom considerarmos essa hipótese. **Somos muito influenciáveis e se não entendermos isso como algo do cotidiano que nos cerca a todo o momento podemos, por negligência, estar abrindo mão de nos protegermos de armadilhas energéticas das mais diversas**.

O melhor é precaver reconhecendo as nossas fraquezas. Se sentirmos que o padrão está baixando, é hora de cair fora.

IDENTIDADE ENERGÉTICA

Vários pensenes juntos formam ambientes que tecnicamente são chamados de holopensenes (neologismo criado pelo Dr. Waldo Vieira). "Holo" quer dizer conjunto e a soma das duas palavras objetiva mostrar a qualidade dos pensamentos, sentimentos e energias em termos totais, gerais ou grupais.

Na prática, podemos avaliar qual é o holopensene de um hospital? Qual a qualidade de pensamentos, sentimentos e energias que encontra em um museu? E na sala de aula? Como é num bar? E na biblioteca? Todos os exemplos citados são resultados de um padrão de energias, que foi produzido por um grupo de pessoas com seus pensenes empregados nos locais e colaborando para a formação da identidade energética dos ambientes.

Talvez não sejamos capazes de ler com exatidão essas energias empregadas. Mas a verdade é que elas estão ali.

Da mesma forma que não podemos ver as músicas que chegam através das rádios em suas várias frequências, não podemos ver essas energias investidas periodicamente pelas pessoas nesses locais. Da mesma maneira que podemos decifrar e sentir as músicas que chegam aos ouvidos, somos capazes de perceber a qualidade energética dos locais que visitamos.

Vale a reflexão: qual tipo de pensenes estamos empregando em nossa casa, no trabalho e em nosso meio social em geral. Estamos sendo produtivos e positivos?

CAPÍTULO X

Aproveitando a Força Contrária

A RESISTÊNCIA DOS OUTROS FAZ PARTE DO APRENDIZADO

Quanto maior a força contrária dos ventos, mais rápido poderá navegar.

Nesse ponto aprofundaremos no antagonismo como forma de obter ganhos evolutivos.

Toda vez que há uma dificuldade, há uma oportunidade grande para se obter uma solução e aumentar nossos valores pessoais e profissionais a partir desse novo conhecimento.

É normal que, quando provocamos uma mudança de atitude pessoal, haja efeitos colaterais tanto nas relações pessoais quanto profissionais.

O motivo mais comum para que tenhamos problemas é o grupo de convívio não entender a razão de nossa súbita mudança de comportamento. Por isso é importante fundamentar a atitude que surpreende, explicando de modo simples e conciso porque estamos agindo daquela maneira.

Se formos capazes de mostrar claramente os motivos que nos fizeram mudar, há boas chances de haver entendimento.

O caso é que normalmente não estamos preocupados e nem muito interessados nisso. E é justamente aí que pode estar a solução para evitar o antagonismo – a força contrária às nossas ações.

MUDANÇA DE COMPORTAMENTO

Vejamos o exemplo da moça que passou a jogar todos os lixos – papéis, latas, chicletes e outras coisinhas, na lata de lixo.

O marido começou a achar estranho e a questionar por que ela tinha que dar uma volta danada atrás de uma lata de lixo, só para jogar fora um saco plástico. Ele se perguntava por que ela segurava os papéis de bala na mão até encontrar o local adequado para jogá-los fora. Começou a tomar raiva da atitude da esposa, se tornando antagônico às atitudes de qualidade que ela adotou para si mesma.

Essa raiva aconteceu porque ele sabia que a atitude dela era mais evoluída, enquanto a forma que ele tratava esse assunto ainda era muito imatura. Apesar de saber que jogar papéis no chão está errado, ele fazia isso rotineiramente.

O caso é que jogar o papel no lixo dá mais trabalho do que não jogar. E, se a esposa estava tomando tal atitude, ele, para não se sentir por baixo, teria que rever as próprias atitudes, pelo menos para se considerar no mesmo nível de educação da esposa. Isso daria trabalho a quem não tinha nenhum compromisso desse tipo antes.

É importante considerar que, **quando agimos com qualidade ou não, outras pessoas sentirão as consequências disso e reagirão de modo positivo ou negativo à nossa atitude**.

VÔO SOLO

Normalmente as mudanças geram um comportamento negativo nas pessoas que estão ao nosso redor. Isso ocorre porque alguma coisa na vida delas será modificada em função desse novo padrão de comportamento.

No caso da moça, a pergunta: vale à pena continuar agindo de uma forma mais qualificada mesmo sofrendo a pressão negativa do marido? A evolução pessoal é uma matéria que se pratica individualmente na maior parte do tempo. Portanto, se o objetivo é crescer, depois de todos os esforços para proporcionar uma evolução conjunta, o mais sensato é partir para esse desenvolvimento, se não bem acompanhado, em vôo solo que seja.

Depois de certo tempo de convivência com o nosso novo comportamento, as pessoas de nosso círculo pessoal começarão a perceber positividade na mudança.

A insistência num trabalho de qualificação pessoal nos dará muito retorno e isso será percebido pela maior parte das pessoas do nosso convívio.

Voltando ao caso da moça, um simples comentário positivo de alguém relativo à educação da esposa pode fazer com que o marido repense as críticas que porventura ainda faça sobre o comportamento da mulher. Alguma coisa do tipo "como a senhora é educada" pode fazer o marido pensar em mudar a sua própria atitude, simplesmente porque reconheceu valor na maneira de agir da esposa.

O EFEITO DOMINÓ

Nós já sabemos que uma das receitas para enfrentar dificuldades deste tipo é simplesmente se manter no caminho da coisa certa a fazer.

Se trabalharmos e vivermos socialmente com qualidade, uma hora, ainda que tardia, as pessoas de nosso meio perceberão que o nosso comportamento é positivo e, além de respeitar, ainda pode acontecer de elas participarem das mudanças em conjunto.

As pessoas que vierem a fazer parte desses ambientes onde instalamos um padrão de energias de boa qualidade terão muito mais facilidade de adaptação e poderão praticar atitudes positivas muito mais rápido.

CIÚME

Dentro de um ambiente profissional, em muitos casos, quando alguém começa a se diferenciar com atitudes de qualidade e resultados acima do esperado por todos, aflora um tipo de ciúme meio que "primo" da inveja. É uma situação na qual surgem sentimentos e ações contrárias às novidades que se está levando para o grupo.

Depois de perceberem a melhora pontual de alguém, os que antes tinham uma atenção mais dedicada ao grupo começam a sentir a auto-estima mais fraca em função de outro estar brilhando nos corredores da empresa.

É uma reação natural, mas infantil, que atinge diretamente a qualidade energética do ambiente.

Conviver com essas adversidades pode não ser lá muito bom, mas é útil porque é uma oportunidade de aprender a compensar as energias. Tanto as suas quanto as do grupo.

Dedicar-se a **encontrar meios de esclarecer as pessoas do local de trabalho sobre a novidade que se está querendo implantar e o bem que elas podem trazer ao grupo é o caminho para imprimir um padrão positivo e concentrar os esforços para realizar em conjunto**.

O ciúme pode ocorrer também porque uma determinada pessoa gostaria de estar agindo com o mesmo nível de qualidade de uma outra e não consegue. Por causa disso, uma infinidade de picuinhas são provocadas pelo ciumento nas mais insignificantes situações com o objetivo de enfraquecer o suposto oponente. O quadro colabora para que o ambiente se torne hostil e o nível de qualidade como um todo seja afetado. Quem tem esse tipo de ciúme na maioria das vezes não percebe o que se passa e a avaliação pessoal sobre o próprio comportamento diante de pessoas que se destacam na organização passa a ser fundamental. Somos frágeis em vários aspectos e o ciúme não é coisa rara de acontecer. Estar atento a isso pode evitar situações que não levam a lugar nenhum e redirecionar as ações pessoais para aquilo que realmente vale à pena, melhorar o nível de qualidade do próprio trabalho.

INVEJA

O sentimento de inveja é relacionado à cobiça de ter aquilo que outro possui ou de ser aquilo que o outro é.

No ambiente profissional é muito comum encontrar casos onde pessoas que sempre tiveram toda a condição de realizar algo difícil de fazer, abriram mão da oportunidade por motivos fúteis. Um dia surge uma pessoa com uma atitude positiva, determinada e construtiva, e realiza tal tarefa. O mérito, de forma muito justa, vai para quem realizou. Aí o sentimento de inveja surge.

A atitude da pessoa que tem inveja é quase sempre destrutiva. É, inclusive, capaz até de minar um trabalho que tem uma qualidade de alto padrão e reconhecido pela maioria das pessoas no ambiente, só porque não foi ela quem fez, só porque ela não aproveitou a oportunidade que teve.

A inveja é matadora e em casos onde esse sentimento ocorre com uma pessoa que exerce a liderança, deixa-a capaz de abortar um excelente projeto cuja autoria não seja sua.

RESGATE

Em muitas empresas ocorre de a liderança não poder ser trocada. São companhias onde o chefe é o dono, por exemplo. Para casos assim, a solução pode ser envolvê-lo em ações que possam explorar o seu melhor.

Lembremo-nos de que quando temos uma peça que não funciona direito dentro de um maximecanismo, esse, como um todo, não funcionará bem. Se esta peça não pode sair do grupo, é melhor que o grupo possa transformá-la e ela possa entrar para um padrão de qualidade mínimo que se torne compatível com o da equipe. Essa movimentação é um exercício de muita paciência e inteligência. Contudo, é muito bom que uma equipe possa passar por esse tipo de problema e encontrar as soluções para transformar algo ou alguém que esteja ruim em uma coisa boa, positiva e construtiva.

O estudo aprofundado em busca das soluções para o convívio sadio dentro de um ambiente é uma oportunidade de desenvolvimento pessoal.

Passar várias vezes por essas situações proporciona um alto grau de experiência e nos dá a condição de conhecer e interpretar atitudes de todo tipo e a consequente ação positiva a tomar diante delas.

Nem sempre estamos com disposição para ajudar pessoas que achamos que não têm capacidade de desenvolvimento. A suposta falta de capacidade não é uma verdade, e viabilizar um grupo mais homogêneo e qualificado, para o nosso próprio bem, deve ser a prioridade.

É melhor fazermos o possível para que o maximecanismo, no qual fazemos parte, possa funcionar bem. Esqueça a falta de disposição e parta para uma ação prática de qualidade para ajudar o todo, mesmo que seja apenas atuando como uma peça que sirva como exemplo.

REVERBERAÇÕES DAS ATITUDES

Imagine um lençol liso na superfície de uma piscina. Num ponto desse lençol surge uma elevação provocada por uma qualidade positiva. Apesar da ação ter sido feita em um ponto do lençol, outras partes ao redor também subiram. Isso é a reverberação de uma atitude.

Quando alguém melhora a qualidade de suas ações, a média do todo aumenta. Quando alguém passa a praticar atitudes negativas, a média do todo abaixa. E, se fazemos parte desse todo, estaremos sendo qualificados pela média e não pela ação individual.

Numa empresa, quando temos cinco funcionários desempenhando bem o seu papel e vinte fazendo o trabalho com pouca atenção e qualidade, na média geral a empresa será interpretada como ruim. E, se você faz parte dessa empresa, estará participando de uma empresa que tem baixa qualidade, mesmo sendo um excelente profissional.

A maioria das ações é que vai qualificar a empresa.

Numa representação gráfica imaginativa, quanto mais o lençol tiver inclinações para cima, onde vários pontos se manifestam nessa direção, maior a média de qualidade como um todo. Quanto mais tiver pontos inclinados para baixo, piores serão os resultados.

Imagine a sua empresa como um lençol e comece a analisar onde estão as inclinações positivas e as negativas. Faça um balanço e defina onde você já pode começar a trabalhar as inclinações para melhorar o conjunto do qual faz parte.

PERPETUAÇÃO

Outra metáfora interessante para exemplificar o funcionamento da reverberação são os raios que se formam num lago de água parada quando um objeto é jogado em determinado ponto; as ondas a partir dele se espalham por todos os lados.

Pense na perpetuação de suas atitudes e até onde cada ação sua pode reverberar.

A princípio, costumamos não ver os resultados da reverberação das nossas ações, mas tenha certeza de que eles estão acontecendo.

Qualquer movimento nosso influi nos rumos de um relacionamento pessoal ou de uma organização. As conclusões positivas ou negativas só serão realmente conhecidas após uma análise de todo o histórico desde o momento em que foi gerada a atitude.

Não estamos acostumados a fazer esse tipo de avaliação e poderemos facilmente nos surpreender com os desfechos quando feita a ligação com a origem dos fatos.

O ÔNUS DA INOVAÇÃO

O inovador é o primeiro a sofrer danos por ser pioneiro e enfrentar o desconhecido sem a preparação para tal. Contudo, é o primeiro a conhecê-lo. Isso pode, apesar das adversidades, ser considerado uma boa vantagem competitiva em se tratando do meio profissional.

Quantas pessoas no passado foram vítimas das próprias invenções? Essa é a conta que todo inovador paga. Mas, também, o fato de ser pioneiro e descobrir algo que possa ser útil para muitos é de relevante valor e pode valer a razão de nossas vidas.

Coberto por críticas e avaliações equivocadas de todo tipo, praticamente o tempo todo de sua vida, **quem inova acumula cicatrizes ao longo dos anos e aprende muito com elas**. São as experiências que vão indicando os caminhos da descoberta, afunilando sua direção até que encontre a solução.

O pioneirismo pode ser desenvolvido de modo solitário ou por equipes definidas para isso. Muitas vezes a conceituação de uma idéia depende de uma profunda imersão que acaba acontecendo apenas por uma única pessoa. Em outras oportunidades, empresas já mantêm em suas divisões de trabalho equipes inteiras voltadas para a criação de produtos, rotinas e processos inovadores. As companhias de tecnologia são as que mais investem em situações desse tipo.

Aqui vale a sugestão de que você possa aplicar um estilo inovador à sua vida, contribuindo para trazer novas soluções para os grupos de convivência pessoal e profissional, procurando manter a determinação para se superar e enfrentar a tentação do "não fazer", mesmo tendo uma grande idéia na cabeça.

SUBSÍDIO COTIDIANO

No seu dia-a-dia existem várias coisas que você já tem capacidade de melhorar. Observe-as atentamente e veja aonde mexer. Se houver alguma possibilidade de modificação positiva, não titubeie, crie.

Praticamente, todos os inovadores fizeram as suas descobertas porque queriam melhorar as coisas e em muitos casos houve severa insistência e perseguição atrás da solução. Assim, se você, na categoria de inovador, tiver que passar por isso, tentar, tentar e tentar, milhares de vezes se preciso for, faça. Não há problema nisso, apenas vá tentando até encontrar a solução daquilo que você acha que dá para ser melhorado.

Pequenas coisas do cotidiano que puderem ser melhoradas, já farão grande diferença em casa ou no trabalho. Não se importe com a qualificação de sua competência, apenas faça o possível para tornar o seu ambiente profissional ou pessoal melhor.

No campo profissional às vezes demora muito para o inovador apresentar alguma solução realmente nova. Ele precisa experimentar até que tenha pesquisado todas as variáveis possíveis para poder apresentar a sua idéia renovadora. Todavia, algumas dicas poderão ser úteis na jornada de um criador.

FERRAMENTAS

O inovador tem em seus pertences um bloco de anotações pessoais onde anota suas experiências para que no futuro possa compará-las com novas situações encontradas.

Se você pretende entrar para o grupo dos inovadores, a primeira coisa a fazer é montar o seu ambiente de trabalho com todas as informações possíveis sobre o que está tentando renovar.

Numa situação onde houver um repente criativo, uma idéia, uma luz, você pega o seu bloco e anota essa informação. Se isso não é feito, o normal é esquecermos da novidade.

Todo aparato tecnológico é muito bem vindo. Quando possível, dispor de um computador pessoal, "desktop" ou "laptop", seria de grande ganho de tempo. É um equipamento que, além de proporcionar inúmeros benefícios enquanto atua como um escritório particular, é capaz de manter o usuário próximo de recursos tecnológicos cada vez mais avançados disponíveis na internet, que podem acelerar muito os estudos e planejamentos pessoais e profissionais.

Um bom celular, por exemplo, pode ajudar muito a secretariar o dia-a-dia ao agendar alarmes para reuniões, compromissos pessoais, lembretes para o retorno de ligações e, também, guardando os recados de terceiros. Com os avanços tecnológicos, já é possível por meio dele enviar e receber e-mail, fotografar com alta resolução, navegar na internet em banda larga e assistir filmes com qualidade Full HD e vídeos que ele mesmo grava. Esse volume de ferramentas num só aparelho é de extrema valia e otimizá-lo para melhorar o seu desempenho não é luxo e sim praticidade que ganha tempo e qualidade profissional.

Se você é daqueles que dispensa a tecnologia em função de que ela provavelmente não faria diferença em seu desempenho, cuidado, essa atitude pode estar revelando algo sério. Você pode estar sofrendo da "síndrome do sabe tudo" – aquela que configura que ninguém é mais inteligente do que você, do "mal da xícara cheia" – aquela que você se sente com tanto conhecimento acumulado que não permite que nenhuma informação advinda de terceiros possa entrar na sua cabeça, ou apresentando o "sintoma do rei democrata" – aquele que demonstra estar aberto a todas as idéias e opiniões, mas no final é a dele que prevalece.

Para concluir bem sobre isso, **faça um estudo prático da sua capacidade de integração a aceitação sobre os assuntos que são trazidos até você e quantas vezes admitiu as idéias apresentadas por outras pessoas como mais corretas e eficazes do que as suas.**

GANHOS

Há recompensas. **O inovador que captura coisas relevantes em prol da sociedade tem o seu nome gravado na**

história daquela comunidade, cidade, estado, país e às vezes do mundo. O grau de reconhecimento depende do valor que esta descoberta tem para as pessoas. Santos Dumont é um exemplo, registrado nos anais científicos da humanidade, tem nos ares de todo mundo o resultado de um dos empreendimentos mais ousados e bem sucedidos da história – o avião.

O processo da inovação começa pela fórmula que estudamos no início do livro: conhecimento – tudo sobre o assunto deve ser estudado, mais prática – tentativas e erros são alimentadores da experiência. No fim de tudo, poderemos apresentar uma idéia renovadora e registrá-la para a eternidade.

CAPÍTULO XI

Egoísmo e Universalismo

Parece ser muito utópico, sonhador e otimista propor que tomemos atitudes universalistas em um mundo onde o egoísmo impera como modelo de conduta em todas as classes sociais.

Na verdade, **todas as vezes que percebemos atitudes onde um grupo é beneficiado, o lucro é maior independente do tamanho do círculo social ou profissional no qual a pessoa esteja inserida**.

O que é um modelo de conduta egoísta? É aquele exclusivista, separatista, limitado, que usa parâmetros fechados, trabalha isolado, sem abertura para novas idéias, intolerante quanto às mudanças, autoritário, modelo do mando, do controle, da prisão, que beneficia poucos ou apenas um, usa o medo como principal agente condicionador e ameaça causar algum dano caso o modelo não seja seguido. Na maioria dos países, este é o sistema mais encontrado entre o meio familiar, social e profissional.

O motivo do uso da autocracia é o fato dela apresentar resultados mais rápidos, na base da pressão, mesmo que para isso seja sacrificado o potencial de produção, os relacionamentos entre as pessoas, a harmonia social e o exercício da criação e da liberdade, elemento básico para promover experiências e o desenvolvimento.

GENERAIS

Da mesma forma com que generais da ditadura se dirigiam aos seus subordinados e aos civis na época na qual o Brasil se encontrava sob o domínio militar, ainda hoje donos de empresas aplicam sistemas de comando e controle que podem ser classificados inclusive como crime, o que é chamado de assédio moral.

Não é raro encontrar exemplos de histórias onde **a pessoa contratada tinha disponível uma enorme energia para dedicar ao trabalho e a forma de ser conduzido pelo chefe simplesmente foi fazendo evaporar a sua força**. Muitos querem fazer bem feito o serviço combinado durante a contratação e simplesmente vão perdendo a vontade de fazê-lo em função de um tratamento à base do autoritarismo e terrorismo.

Existem pais que, animalescamente, violentam os próprios filhos com surras pesadas para que eles obedeçam as suas ordens e a autoridade seja reconhecida dentro de casa na base da pancada.

Há, ainda, padres e pastores que negam o amor de Deus aos seus filhos caso eles não se comportem dentro das regras da igreja. Com fundamento em argumentos recheados de emoção, usam o medo do desconhecido para amarrar as pessoas a doutrinas e ensinamentos que aprisionam legiões de fiéis em modelos que se arrastam pelos milênios.

É evidente que há a necessidade de se ter uma autoridade para que aja direcionamento de ações. Porém, essa autoridade deve ser reconhecida pela capacidade de profissional e pelo respeito à pessoa líder que serve como norte de desenvolvimento. É um processo inteligente e eficiente de conduzir um staff ou uma família, onde o ambiente que podia ser administrado na base da pressão e do medo é mantido por uma liderança admirada pela competência, capacidade de orientação e unificação do grupo.

AMOR

Nos mundos do egoísmo e do universalismo as palavras têm significados diferentes, e como o amor é um dos temas importantes para o desenvolvimento pessoal e profissional vamos definir melhor como podemos posicionar esse nobre sentimento nas nossas vidas.

Para as pessoas mais voltadas para si, o amor é um sentimento condicional, que só deve existir na base da troca, numa espécie de toma lá dá cá. Tem que ser compensado de alguma forma. É esse o tipo de amor que as sociedades em sua maioria têm como referência. Quando se ama, se espera ser retribuído da mesma maneira. Assim, desenvolve a insegurança e o ciúme, que com o tempo vão enfraquecendo as próprias relações. Não muito raro criam ambientes de padrão altamente negativo que transformam a sua própria vida em um inferno.

Amor de universalista é incondicional, não cobra, dá. Ele não espera retorno, apenas dá e pronto. A pessoa com esse sentimento mais apurado sabe que fazendo bem a uma pessoa, estará fazendo bem para um conjunto no qual ela mesma está inserida. Para entender melhor, é um sentimento mais próximo do amor de pai e mãe com relação ao filho do que do amor de um casal de apaixonados. Contudo, **apesar de tanta nobreza, não é prudente dar algo a alguém que não queira recebê-lo, e isso inclui o amor, mesmo sendo ele universalista**.

TRABALHO

O modelo universalista é doador, servidor, se esforça pelo conjunto, pela união, conhece o valor de um trabalho em grupo, não quer para si e sim para todos. Sabe que com o grupo melhor ele mesmo ganha mais.

O egoísta toma decisões por si só, raramente consulta o grupo e quase sempre opta por caminhos escolhidos à base do seu bem entender, de modo empírico.

O universalista apresenta um conceito diferente onde todos fazem parte de um mesmo maximecanismo. Não há diferença entre as pessoas e sim, tão somente, de responsabilidades.

BICICLETA

Qual a parte mais importante numa bicicleta? Vão falar de muitas que variam entre o quadro, o guidão, pneus e materiais de confecção, entre outras coisas que podem ser citadas.

Uma das peças mais baratas da bicicleta é o insignificante pedal – peça dentro do conjunto que é absolutamente indispensável. Da mesma forma que as outras citadas, sem ele não dá para o equipamento funcionar corretamente. Esse é o sentido de importância que deve ser considerado. O universalista sabe perceber isso.

Muitos empresários decidem tocar suas empresas como uma bicicleta sem pedal, justamente porque não conhecem o valor do que parece insignificante. Na metáfora utilizada, a bicicleta anda, mas é preciso um esforço muito maior do condutor para subir uma ribanceira. Não muito raro, o empresário desce da bicicleta (a empresa) e a carrega nos ombros porque não soube interpretar a importância do pedal.

Muitas empresas, sem que se perceba, podem estar vivendo essa mesma situação.

Empresários, motivados pela perspectiva de desenvolvimento do negócio, a empurrar a companhia ladeira acima até que ela encontre um ponto de equilíbrio (uma reta com pequeno declive), podem não ter o mesmo pique se a empresa encontrar pela frente uma nova ribanceira a subir. Sem a estrutura necessária para tal,que deve ser criada antes do evento, pode ser impossível manter as portas abertas. E, mesmo para quem se preparou para uma dificuldade adiante, é comum ver o corte de despesas justamente em cima do pedal, aquele que tornaria mais fácil vencer o obstáculo.

O empresário que atua usando um perfil mais universalista, onde o grupo de funcionários tem o status de ser responsável pela manutenção e o crescimento da empresa, tem em seu quadro uma equipe que pode facilmente potencializar a força o suficiente para fazer a companhia crescer diante da ladeira e subi-la com certa facilidade.

Para quem tem o perfil mais do comando e controle, exerce a pressão, faz ameaças e provoca em sua equipe a insegurança dos novos tempos com o objetivo de forçá-la a vencer obstáculos. Esse tipo de ação tira da equipe a força e a vitalidade para reagir, instaura a dúvida sobre o futuro e revela a falta de compromisso da empresa com o seu colaborador. Com tantos elementos negativos, o que se pode esperar?

Não reconhecer a importância que tem, por exemplo, um vendedor em uma firma, é como abrir mão do pedal da bicicleta. É o vendedor da lanchonete, do posto ou da loja de roupas que promove a venda e gera fluxo financeiro na empresa. Na maioria das companhias é muito pouco valorizado e é o primeiro a ser "queimado" em um momento de crise.

O universalista tem o entendimento da importância (responsabilidade) de cada peça e sabe que só o conjunto poderá dar resultados em um nível que condiga com a capacidade real da empresa.

RESPONSABILIDADES

Assim como o ciclista tem condição de discernir sobre o lugar correto do pedal (não vai colocá-lo sobre o selim), **os diretores e chefes podem e devem se concentrar em aprender a colocar os seus talentos nos lugares certos, dando a responsabilidade e o valor que realmente condigam com a importância do trabalho dessas pessoas no conjunto**. Assim, a bicicleta (empresa) poderá render muito mais do que empurrada aos trancos e barrancos.

Dar valor e poder de decisão ao grupo é tarefa desagradável ao egoísta porque lhe tira a possibilidade do mérito individual advindo do sucesso de alguma empreitada, mesmo que para isso tenha tido a colaboração determinante da equipe subordinada.

No momento de decidir questões relevantes, o modelo universalista leva a discussão ao grupo e o argumento mais bem fundamentado é o que dará a direção de onde, quando e como agir. As responsabilidades são divididas e a equipe opera num grau de confiança maior e mais produtivo.

Um detalhe que passa despercebido é que quando não se delega tarefas e não se dá o crédito pela execução, responsáveis diretos pelo trabalho realizado passam a não existir. O modelo autocrático é rico em situações assim, onde **o "grande chefe" é o único que manda e desmanda, não delega responsabilidades, se apresenta como o autor dos sucessos atingidos pela companhia e condena a sua própria equipe por eventuais fracassos**.

A VANTAGEM COMPETITIVA DO MODELO UNIVERSALISTA

A diferença de produtividade entre os modelos é indiscutível e quem gerencia seus trabalhos numa base democrática e com divisão de responsabilidades tem efetiva vantagem competitiva. Inúmeras empresas, inclusive as primeiras da listagem da Forbes, mantêm o modelo participativo como a linha mestra de condução.

Para que tenhamos idéia dessa vantagem, acompanhe um dos testes realizados numa equipe de 60 pessoas na maior empresa do Brasil no ramo de revenda de combustíveis, sediada em Brasília, DF, cujo objetivo era obter um conjunto de atributos de liderança.

Foi pedido aos participantes, gerentes de unidades de revenda, que escrevessem em uma folha de papel quais as qualidades indispensáveis para um profissional de alto nível.

Obtivemos respostas mínimas com 3 atributos e a máxima de 12 (apenas 1 apresentou essa quantidade).

Em busca da apresentação do melhor desempenho, o grupo optou pela definição de um único candidato, aquele que descreveu a melhor combinação de atributos (12).

Em termos de qualidades diferentes atribuídas a um bom gestor, foram 65 apresentadas pelo grupo, muito mais do que o melhor desempenho individual e não por acaso, um número que representa a grande diferença entre os dois modelos de gestão. O melhor resultado de um (exclusivista) não é páreo para o resultado médio de todos (participativo).

Contudo, na vala comum, isso é o que mais acontece e prevalece a opinião de uma só pessoa, aquela em que foi confiado o poder de definir. E, na maioria das vezes a referida pessoa é o próprio dono da empresa.

Pelo ponto de vista universalista, a soma das qualidades é o que seria ideal como resultado final. Ou seja, os 65 atributos diferentes. Um resultado quase 6 vezes superior ao melhor desempenho atingido pela ótica egoísta em sua melhor possibilidade de resultados.

Quando os participantes foram perguntados se seriam capazes de relacionar individualmente tantas qualidades quanto o grupo apresentou (no mesmo tempo de realização do teste), a resposta foi negativa e unânime.

Na verdade, a oportunidade de relacionar os atributos já lhes tinha sido dada e o desempenho individual diante do resultado obtido pelo conjunto foi muito pequeno.

A relação de atributos virou um "check-list" particular de enriquecimento das qualidades das pessoas que fizeram o teste. Cada participante acabou por anotar todos os tópicos mencionados com o objetivo de desenvolver uma auto-análise do desempenho pessoal e profissional relativa às atitudes no dia-a-dia.

Se achar que a relação seja útil para você, abaixo estão relacionados os atributos por ordem de número de citações:

Qualificação	Perseverança
Criatividade	Cautela
Respeito	Agilidade
Conhecimento	Determinação
Liderança	Esclarecimento
Comunicação	Receptividade
Interesse	Convicção
Dinamismo	Positividade
Gentileza	Autoconfiança
Responsabilidade	Honestidade
Coragem	Companheirismo
Humildade	Atenção

Serenidade
Discernimento
Observador
Amigo
Paciência
Aptidão
Senso Crítico
Compreensão
Desinibição
Conselheiro
Aberto
Planejamento
Força de Vontade
Autoconsciência
Espírito de Grupo
Universalista
Transparência
Competência
Visão de Futuro
Lógica
Firmeza
Humano
Personalidade
Caráter
Simplicidade
Equilíbrio
Sensatez
Autocrítica
Respeito à Lei
Senso de Justiça
Confiabilidade
Lealdade
Moral
Bom Humor
Tolerância
Iniciativa
Idoneidade
Instrução
Maturidade
Experiência
Prática

A TÉCNICA DO MELHOR POSSÍVEL E A AUTOSUPERAÇÃO

O melhor possível é o questionamento que precisa ser feito o tempo todo sobre a produção pessoal e o relacionamento dentro dos vários ambientes de convivência.

A técnica consiste em avaliar as próprias ações, observando se a atitude foi a melhor que você poderia ter adotado para o ambiente e para as pessoas que vivem nele.

O "check list" descrito anteriormente pode servir como parte desse processo de avaliação do melhor possível, se usado como referência comportamental para as atitudes do dia-a-dia.

A técnica do melhor possível desenvolve automaticamente o autoconhecimento, o autodidatismo e a autosuperação. Toda vez que estiver fazendo o melhor possível estará vencendo uma fronteira pessoal nunca alcançada antes.

Essa técnica é muito mais eficaz do que o método tradicional onde se faz apenas o necessário para viver, o que já se configurou como muito pouco diante da capacidade que temos.

Ambas as técnicas de gestão da própria vida, a do melhor possível e a tradicional, qualificam a pessoa e mostram bem quem ela é e o quanto vale.

VALOR

O valor pessoal, profissional e financeiro da pessoa está intimamente ligado ao que ela faz e às responsabilidades que ela pode assumir. Se não trabalhar para obter maior qualidade em suas ações, não há como reconhecer um valor além daquilo que ela apresenta.

Existem pessoas que acham que podem mudar seus destinos e seus valores sem mudar de atitude. Não há como. Se a pessoa quiser resultados melhores para si mesma no futuro é necessário que mude de atitude agora.

Ademais, fazer o suficiente para viver é muito fácil diante do que pode ser feito.

Quando fazemos exatamente o necessário para nos manter dentro de uma organização, automaticamente estamos nos enquadrando como profissionais ao nível mínimo exigido por ela.

Não raro, o que é feito pelas pessoas de maneira geral está bem abaixo da real capacidade de produção, inibindo, por esse limite equivocado imposto pelo próprio indivíduo, qualquer possibilidade de desenvolvimento na atividade ou na organização na qual está inserido.

O prejuízo quando nos mantemos limitados propositalmente vem para nós mesmos. A situação compromete o próprio futuro pela falta de desenvolvimento.

Aceitar essa condição é permitir-se parar no tempo e manter-se escravo de um modelo pobre de informação e de experiências, que acaba facilitando a permanência viciosa da pessoa em um nível de baixa qualidade pessoal e profissional.

Quando fazemos o que o nosso potencial nos permite fazer, estamos dando a nós mesmos a oportunidade de continuar nos desenvolvendo em alto nível, buscando em nossas tarefas o melhor desempenho todos os dias, garantindo um crescimento exponencial, a consequente valorização pessoal e financeira, mantendo a auto-estima bem cuidada e em alto grau de satisfação.

A TÉCNICA DO TOUREIRO

A repetitiva abordagem sobre as prováveis barreiras que iremos enfrentar é proposital. Objetiva, em instantes diferentes, apresentar soluções para que você possa lidar melhor com as forças contrárias que sempre estarão por perto.

Contra o universalista estará a oposição egoísta e, em muitas ocasiões, com força suficiente para impedir o sucesso das investidas da pessoa mais participativa e partidária do conjunto.

Tradicionalmente, a figura do "chefe" reflete a máxima "manda quem pode, obedece quem tem juízo". Ao mexer com o objetivo de desenvolver uma corporação que não opere dentro de uma gestão mais universalista, muita gente dentro dela vai se sentir incomodada, especialmente o chefe direto.

Por vários motivos a sua atitude poderá provocar o ciúme profissional, a inveja e baixar a auto-estima alheia, entre outras coisas.

Prepare-se para isso porque normalmente a hierarquia natural da empresa mantém esse "tipo" numa posição mais confortável e de maior força, seja em função do tempo de serviço ou por meio de uma indicação.

Saiba que em sua direção pode estar vindo um animal feroz e raivoso com uma atitude hostil e o objetivo de lhe atingir e derrubar por não concordar com as alterações no ambiente provocadas por sua nova postura.

A melhor maneira de reagir diante de uma força contrária às mudanças que você está querendo promover é se movimentar como um toureiro.

O oponente vem como um touro e se ele (hierarquicamente) é mais forte, a melhor maneira de escapar ao seu ataque é saindo da frente dele. Isso pode ser feito quantas vezes for preciso até que ele se canse.

O exemplo dado é uma metáfora e mostra o quanto é importante tomar cuidado com forças mais poderosas dentro da organização. **Você pode não ter poderes para demitir o seu superior, mas se vê oportunidades de desenvolver a empresa e a si mesmo, observe que tentar educar o seu meio, incluindo o chefe, é a única maneira de tornar viável o seu objetivo dentro dela**. E não é batendo de frente com ele que isso acontecerá.

Se conseguir manter-se dentro de um padrão calmo e paciente, de comportamento exemplar, nitidamente mais evoluído, com o tempo, o oponente vai entendendo a qualidade da mudança aplicada e eliminando o uso da força bruta para tentar parar o processo de desenvolvimento.

Contudo, se perceber que a cabeça do touro é dura o suficiente para impedir que um novo mundo possa brilhar dentro dela, esqueça. Considere uma importante economia de tempo que poderá fazer falta à sua vida e aponte o seu nariz para outras empreitadas.

Há a opção do enfrentamento. Porém, o sucesso é uma incógnita.

TÉCNICA DA RECUPERAÇÃO DE DADOS

A nossa tendência natural é de esquecer. Esquecer informações, dados, a metodologia de se fazer as coisas, datas, telefones, idéias, enfim... Parece que as informações que estamos recebendo não querem ficar conosco por muito tempo.

Um curso que fazemos ainda fica fresco na memória até depois de algumas semanas. Com o decorrer do tempo, as informações vão passando por uma espécie de "delete" (apagamento). Pouco a pouco elas vão se perdendo na imensidão de nossa mente.

RECICLAGEM DAS INFORMAÇÕES

A técnica de recuperação de dados consiste em, **sabendo que vamos ter problemas para reter o que aprendemos, o ideal é desenvolver um programa disciplinado de reciclagem periódica das informações que queremos manter em atividade na memória**.

Este pode ser um hábito transformador da informação que você precisa reter, em parte integrante de sua essência. Aí, não precisará mais usar o seu banco de dados para buscar o que precisa. A informação já fará parte de você, assim como não esquecemos mais o próprio nome. Ele faz parte de nós.

Reler um livro ou matéria, praticar a mesma atividade repetidamente ou fazer o mesmo curso várias vezes, são valiosas ferramentas para promover a recuperação automática de dados.

Não tenha vergonha de estar na mesma sala de aula repetidamente ou ler o mesmo livro mais de vinte vezes. Tenha certeza que de uma situação assim, sairá mais qualificado do que qualquer outro.

Se não temos a oportunidade, por exemplo, de fazer um curso repetidamente, a técnica propõe estudos periódicos do material didático. Tarefa a ser feita com disciplina e periodicidade.

Se fizermos uma pesquisa sobre o número de informações que retemos das matérias de um curso após dois meses da sua realização, vamos perceber que, no máximo, lembraremos heroicamente de 10% do que foi passado. Por isso, para ter um aproveitamento próximo do máximo, é realmente necessário promover dezenas de revisões dos estudos realizados e torná-las atividades periódicas.

O ideal é fazer os cursos de seu interesse várias vezes, até assimilar as informações de uma forma que possa utilizá-las correta e naturalmente no momento em que necessitar.

Muitos dos valores que estamos discutindo neste livro, por exemplo, para que se transformem em parte da sua essência e a sua manifestação seja natural, terão que passar um período sendo maturados por inúmeras repetições até que se tornem instintivos.

O seu raciocínio, a sua vontade e a sua disciplina é que serão os responsáveis por esta transformação.

COMUNICAÇÃO

Outra solução para promover a recuperação de dados é trocar idéias com pessoas que têm a mesma informação que você.

Manter-se dentro de padrão pensênico – pensamentos, sentimentos e energias – através de amigos e parceiros, profissionais, sociais ou familiares, bem como o debate corriqueiro sobre o assunto de interesse, faz sedimentar a informação na sua essência.

A recuperação de dados implica em estar em contato com as informações o tempo necessário para mantê-las vivas na mente de modo proposital, até que elas façam parte de você, naturalmente.

TRANSFORMAÇÃO DO HOPENSENE PESSOAL E PROFISSIONAL

Transformar para melhor o nosso padrão de pensamentos, sentimentos e energia, indissociáveis nas suas manifestações, melhora muito a nossa condição de vida.

O Holopensene, conjunto dos pensenes, determina o nível de qualidade com que estamos conduzindo a nossa existência.

Por meio de nossas ações é possível melhorar o ambiente familiar, social e profissional, transformando o padrão pensênico do conjunto de pessoas que formam esses ambientes.

Com as informações que já temos, podemos produzir mudanças substanciais em nós mesmos, servindo de exemplo para o grupo e, paulatinamente, elevando a qualidade dos ambientes que nos cercam.

Se as pessoas inseridas no grupo puderem enxergar uma saída para crescer exemplificada pelas suas atitudes, é certo que a grande maioria acabará optando por ela.

Todos, até o mais carrasco entre nós, querem se desenvolver. Basta que percebam a utilidade desse aprimoramento e o ganho que poderão obter.

É um trabalho lento, mas precisa ser contínuo.

Se quisermos condições melhores para nós e para o ambiente no qual estamos inseridos, precisamos agir de modo disciplinado e cumpridor dos objetivos traçados.

É um processo programado que prioriza valorizar a própria existência, gerando benefícios para si e os demais, objetivando a evolução pessoal, através da melhoria de todos.

Sozinhos, vamos até certo ponto. Depois precisamos do conjunto e, quanto mais qualidade esse conjunto tiver, mais rápido podemos produzir e crescer.

CAPÍTULO XII

MELHORIA CONTÍNUA

É muito fácil dizer que hoje não é preciso melhorar porque ontem você já fez muito. É muito fácil dizer que está cansado e precisa dar um tempo. Desconfie das opções mais fáceis!

O significado do conceito de **melhoria contínua é bastante simples: fazer melhor hoje aquilo que você fez ontem. Todos os dias. Sempre**.

Através da avaliação crítica sobre si mesmo, sem auto-corrupções, sem dar moleza, o trabalho vai ganhando qualidade e você se tornando um especialista. A cada dia que passa o seu serviço fica mais bem feito. Todos os dias.

Essa qualificação vai fazendo com que você se torne capaz de assumir outras funções na empresa em que trabalha, dando-lhe a condição de ser aproveitado numa posição hierárquica mais importante.

Lembre-se: **toda companhia precisa de pessoas competentes e a oportunidade de crescer está presente diariamente**.

APROVEITAMENTO

Todo tempo conta. **Se há a oportunidade de fazer algo melhor hoje, que se faça hoje. Amanhã pode não haver mais tempo**.

Cada segundo poderá fazer grande diferença. É justamente em micro-espaços de tempo que as idéias surgem e proporcionam a melhoria das ações. São os famosos "cair das fichas" de uma solução, o que antigamente grandes pensadores e criadores chamavam de "Eureka" – achei!

Mais uma vez é preciso ressaltar a importância da disciplina pessoal na iniciação e manutenção do processo de melhoria contínua.

Sem a determinação, sem a constância nos trabalhos e avanços na qualidade, não há como crescer. O conceito "melhoria contínua" diz tudo. Se começa e se mantém num crescente desenvolvimento.

Se iniciamos a melhoria contínua motivados de forma momentânea e por alguma razão paramos de exercer a própria qualificação, a tendência é de voltarmos à mesma condição que tínhamos quando iniciamos os trabalhos.

Portanto, a manutenção do processo de melhoria contínua é ainda mais importante do que até mesmo começá-lo.

BUSCA DO ERRO ZERO

Outro conceito não menos importante é o da busca do erro zero, que significa buscar perfeição naquilo que se propõe a fazer.

Existem algumas pessoas que costumam combater essa idéia dizendo que o ser humano não é perfeito. Mas a história humana já mostrou que podemos fazer coisas perfeitas. Se não fosse assim, não teríamos tantos aviões voando por aí. Há até relógios, quadros de bicicleta e móveis entre outras coisas, com garantia eterna. Para o resto da vida.

O valor desses objetos acaba sendo alto, justamente pela qualidade com que foram concebidos e manufaturados. Um relógio com garantia eterna chega a custar 10.000 dólares.

Chega-se a esta qualidade a partir do conceito da busca do erro zero – o objetivo de alcançar a perfeição sendo trabalhado por todos os lados, até que se tenha um produto ou serviço impecável e, portanto, de muito valor.

O profissional de qualidade usa os processos da melhoria contínua e da busca do erro zero como instrumentos conjuntos de trabalho para toda a vida.

PADRÃO DE QUALIDADE

Aplicando essas idéias nota-se nitidamente, logo no início do processo, que as ações no trabalho começam a ter um padrão de qualidade superior e mais estável, com poucas variações.

É muito comum no Brasil fazermos os trabalhos com uma banda larga de aceite às nossas falhas no serviço. Ou seja, aceitamos muitos erros no que fazemos e acabamos achando normal trabalharmos com essa elasticidade para avaliarmos como razoável o próprio trabalho.

Em outros países, como no Japão, por exemplo, o aceite às falhas é muito menos tolerante, e essa atitude é um padrão estipulado pelo próprio trabalhador japonês. Ele não aceita baixa qualidade no que ele está produzindo – postura que acaba refletindo no índice muito reduzido de retrabalho.

Quanto maior for o nível de tolerância com relação ao seu próprio trabalho, menos qualidade ele terá.

Infelizmente, estamos acostumados a aceitar erros muito facilmente. Ou seja, historicamente realizamos coisas de baixo nível achando que estamos dentro de condições aceitáveis de qualidade.

A partir da aplicação dos conceitos, cuidado para não se apoiar em negativas do tipo: não dá para melhorar isso!; que cansaço!; amanhã eu resolvo; pra quê?; ninguém está vendo!; não fui eu!; não sei não; entre muitas outras que podem ser ditas para se livrar de problemas que são normais e precisam ser enfrentados.

Melhoria contínua e busca do erro zero são super conceitos. Use-os em tudo!

AUTOCRÍTICA

O maior patrimônio de uma empresa são as pessoas que trabalham nela. Ilude-se e tem uma imensurável perda quem pensa ao contrário.

Os custos de perder uma pessoa qualificada que produz muito e conhece a fundo os detalhes do serviço que lhe é destinado é muito alto.

Também os problemas em manter uma pessoa que não progride vão além dos financeiros, pois o funcionário pode configurar um entrave de desenvolvimento para toda a equipe envolvida com ele no trabalho.

Como você se sente? É um entrave? Produz apenas o suficiente para se manter na empresa ou vai além disso?

QUANTO VALE O SEU TRABALHO?

O trabalhador em geral reclama por aí que está ganhando mal e que ninguém reconhece o seu potencial. Ele metralha que está se esforçando muito e não está sendo bem remunerado, que não o valorizam como profissional e que o chefe o está perseguindo. Enfim, inúmeros problemas para justificar o que nem lhe foi perguntado.

A verdade é que lhe pagam o quanto o seu serviço vale. Por isso a importância da auto-avaliação.

Se os seus esforços valessem mais do que você está achando, alguém de outra empresa pagaria mais por eles. Se ninguém paga é porque não vale mesmo.

O ESCULTOR FRANCÊS

Um dia um garoto de 19 anos fez uma estátua de uma mulher bonita com os seios à mostra e um pano envolvente. Toda a sua família o elogiou muito.

Ele encorajado e supervalorizado pelos parentes resolveu colocar a estátua à venda. Pediu $ 5.000,00 e como não havia vendido, 3 meses depois baixou para $ 4.000,00.

Com um ano de produto encalhado fez uma pechincha de $ 1.000,00 pelo objeto.

Pouco depois ele acabou vendendo a estátua por $ 150,00, que na realidade é o que ela vale, pois é o máximo que pagaram pelo trabalho do rapaz.

Autocrítica é um processo que precisa ser desenvolvido para ser usado com eficiência.

Sempre achamos que estamos fazendo mais do que devíamos fazer e a remuneração não reflete o valor do trabalho.

O que tem que ser visto é se o que estamos fazendo está rendendo alguma coisa. **Quantidade de esforço não tem nada haver com qualidade e rentabilidade nos trabalhos realizados**.

E mais, existe um objetivo maior nisso tudo que é o próprio desenvolvimento. Não há motivo maior e mais coerente com a evolução do que melhorar a si mesmo. O resto, serviço e remuneração, será uma consequência da qualidade pessoal.

Procure avaliar sempre a qualidade e a rentabilidade dos seus serviços. Para quem vai remunerá-lo, isto é que faz a grande diferença.

Muitos trabalham 14 horas por dia e dão prejuízo à empresa na qual trabalham. Como se pode esperar um aumento nos ganhos?

RETRABALHO

Quantas vezes você teve que repetir um serviço porque ele não ficou bem feito? A cada repetição você obteve um índice de retrabalho da ordem de 100%. O prejuízo para a empresa que contratou os seus serviços também beira esse percentual.

Mas quem perde com um índice desses? O primeiro a ter prejuízo é você mesmo. **Ao fazer novamente um serviço sem**

ganhar nada por isso, você estará perdendo tempo e desperdiçando de novo energia para a execução do mesmo trabalho. Não há lógica nisso.

Quem paga a conta? Todos pagam a conta. O retrabalho gera falta de rentabilidade na produção atingindo a lucratividade da empresa.

Essa falta de lucratividade acaba com as possibilidades de uma melhor remuneração de todos os colaboradores, oportunidades de novos investimentos e mina negativamente as perspectivas de toda a equipe.

CUSTO

Uma pesquisa da IBM mostrou que o custo do retrabalho é 50 vezes maior do que o trabalho feito corretamente de primeira. Evidentemente o cálculo foi feito considerando inúmeros tópicos. Mas o resultado é oficial e é amplamente divulgado através das exposições de *Richard Whiteley*, vice-chairman e co-fundador da *The Forum Corporation*, que implementa programas de *customer-focused quality* (foco da qualidade voltado para o cliente) em organizações no mundo todo.

Quando se gasta muito mais do que é preciso para executar um mesmo trabalho em várias tentativas, o volume de dinheiro desperdiçado é altíssimo. O valor exato é difícil ser mensurado, mas para se ter uma idéia aproximada do prejuízo, **o brasileiro gasta em média 16% do PIB – Produto Interno Bruto, fazendo a mesma coisa duas, três, às vezes, quatro vezes**.

São cerca de 140 bilhões de reais jogados fora todos os anos.

No momento que a empresa tem um ganho real dessa envergadura – 16%, ela pode pensar em remunerar melhor a força de trabalho e retomar investimentos no mercado que agora, pelo aumento da lucratividade, é mais atrativo.

O retrabalho é implacável na destruição das possibilidades de alguém se tornar um grande profissional. Isso acontece porque ele acaba mostrando para todos os colegas de equipe o nível de qualidade no qual a pessoa está operando.

ESTRANGEIROS PARA DIMINUIR O RETRABALHO

Em uma moderna montadora estrangeira de carros instalada no Brasil, foram feitos vários testes com os chamados engenheiros "especialistas" brasileiros para saber se eles tinham capacidade para assumir cargos de alta responsabilidade técnica na construção e avaliação dos carros que seriam produzidos.

O surpreendente resultado foi que a empresa decidiu por trazer todos os técnicos que precisava do seu próprio país de origem, mesmo que, para isso, tivesse que disponibilizar casas para as famílias dos profissionais e escola aos seus filhos.

Essa não é uma postura exclusiva de uma determinada montadora. Inúmeras empresas estrangeiras procuram manter em seus quadros pessoas de confiança profissional nas quais têm a expectativa de que não cometerão erros. Por isso, a maioria não arrisca e prefere importar seus profissionais do próprio país.

Segundo a UNICAMP, a indústria brasileira ainda opera de forma muito ineficiente. A última pesquisa mundial da divisão de consultoria da IBM com 100 empresas desse setor mostrou que os níveis de retrabalho – ou retoques – na indústria automobilística no Brasil chegam a níveis de 30% a 40%. Nos Estados Unidos, a média é de 15% e no Japão entre 5% e 7%.

Fazer em uma única vez e bem feito é a chave.

A tendência do brasileiro é fazer rápido, aceitando um erro ou outro e torcer para que o cliente pague logo pelo produto ou serviço sem questionar nada. Boa parte da culpa por esse vício profissional vem de "chefes" maus, desinformados quanto às mazelas que o método proporciona, com os seus inseparáveis chicotes morais, que pressionam as equipes nos prazos e no volume não importando muito o nível da qualidade final do produto ou serviço.

Profissionalismo não combina com isso**. Dê preferência à qualidade do que à rapidez no processo da execução dos**

serviços. É melhor ser menos rápido e fazer bem feito, do que errar sendo rápido e adicionar um ponto ao índice de retrabalho da empresa.

Com o tempo, a assimilação cada vez maior das rotinas do seu serviço, fará com que você possa acelerar a sua produção sem que corra riscos de errar.

BOM HUMOR

O bem estar atinge diretamente a qualidade daquilo que está fazendo. E, manter o bom humor é algo que também se aprende.

O estado de espírito está relacionado com aquilo que você está pensando e sentindo, atributos que interferem diretamente no resultado final de um trabalho pessoal ou grupal.

A comida feita por uma pessoa que não está de bem com a vida é muito diferente daquela que tem prazer em fazer.

Assim acontece com aquilo que estamos fazendo. Se não estivermos bem, a qualidade de nosso trabalho será bem inferior do que na realidade poderíamos fazer.

Ao contrário do que se pensa por aí, temos o livre arbítrio para redirecionar o que estamos pensando e sentindo de modo a obter um quadro mais positivo de nossas ações.

Na maioria das vezes nós não estamos prestando atenção no tipo de pensamento que estamos emitindo e, portanto, acabamos por entender que não temos tanto controle sobre a qualidade final daquilo que estamos fazendo.

Pensando e sentindo, estamos gerando energia, boa ou má. Esta energia pode se espalhar e contaminar outras pessoas, que por sua vez, também produzirão e qualificarão a energia empregada no trabalho. O conjunto desses pensamentos, sentimentos e energias irá formar o holopensene final do local onde o serviço está sendo feito. O produto ou serviço para o qual o grupo foi contratado terá a sua qualidade ligada ao padrão das energias adotadas por todos do grupo.

Não esqueçamos que **nós escolhemos o padrão energético que queremos viver. Nós temos essa liberdade**.

ACIDENTE DE PERCURSO

Acontece um imprevisto. Há um aborrecimento. O momento ruim passa alguns minutos depois. Agora você tem duas alternativas: alimentar o sentimento ruim, mastigando as cenas do imprevisto na sua consciência o resto do dia, ou relevar o acontecimento com tranquilidade, lembrando que esse tipo de coisa acontece e mantendo o seu estado de espírito em alta. Repare que a decisão é sua. **Você é quem sabe e decide o que quer passar**.

Aprenda a apertar o botão "stop" (parar) nos momentos em que perceber desequilíbrio nos seus pensamentos.

As vantagens são muitas. Só o fato de você não levar adiante uma situação ruim – uma discussão alterada, por exemplo – evita diversos sentimentos negativos comuns – como os de raiva, desespero, desorientação e ódio entre outros, que qualificarão o seu padrão energético sem que se esteja atento para isso.

É muito comum a pessoa adotar um padrão de comportamento específico e repetitivo relativo aos acontecimentos negativos que ocorrem comumente no dia-a-dia. Não raro os lamentos de um único momento ruim chegam ao dia seguinte com força.

Cuidado! Esse padrão doente é facilmente transferível para o ambiente profissional, e a qualidade da energia que você emprega na realização de um serviço, atendimento formal ou relacionamento pessoal, cai na hora. Quem avalia (cliente, chefe, colega) o seu trabalho perceberá o padrão energético empregado no seu serviço. Na maioria das vezes esta percepção é inconsciente, mas ela existe e é contabilizada. Com o tempo e vários acontecimentos somados, o seu conceito será prejudicado na hora de, por qualquer motivo, a sua pessoa ser qualificada.

O padrão energético é moldado com o tempo, seja individual ou grupal.

O nível no qual as pessoas atuam vai sendo sedimentado seja positiva ou negativamente e, **para quem desconhece a faculdade energética e a sua importância, a alteração sadia das energias é mais difícil, demorada e muitas vezes nem executada**. Um volume muito grande de pessoas vive nesta condição, reclamando de tudo e de todos, sem tomar o controle da própria vida, agindo sem responsabilidade para com o próprio futuro.

Estar atento aos padrões energéticos das pessoas do convívio diário e tentar melhorá-los, é de fundamental importância para o próprio desenvolvimento.

ESSÊNCIA

O que é a nossa essência? **A essência é aquilo que reage em nós naturalmente com características instintivas**. Ela fala por si só.

Não existe o raciocínio quando falamos da essência. O raciocínio é um instrumento para que possamos melhorar a qualidade da nossa essência através dos tempos.

O raciocínio para discernir sobre a boa qualidade da ação e a disciplina para torná-la periódica são os instrumentos mais poderosos para criar hábitos que consideramos positivos. Com o tempo podemos transformá-las em movimentos naturais originários de nossa essência.

Cultivar a melhoria contínua, a busca do erro zero, a eliminação do retrabalho e a manutenção do bom humor, usando o raciocínio para o desenvolvimento destes conceitos, é um processo que pode ser encarado como um transformador de essências.

Construir a vida com mais atenção, buscando melhorar cada detalhe dos nossos movimentos, nos dará a oportunidade de dispensar muitos trejeitos primitivos, impulsivos, animalescos e desconexos ainda existentes dentro de nós.

CICLOS

A formação da essência vem de ciclos retro-alimentadores.

Num primeiro momento o ideal é reconhecermos a qualidade de nossa essência hoje.

Como reagimos às situações mais chatas e difíceis do cotidiano? Como encaro um quadro onde a minha reação é quase a de um animal raivoso? Qual a qualidade de meus pensamentos e sentimentos? Sou mais positivo ou negativo, altruísta ou egoísta?

O pensamento nos qualifica. Ele nos mostra quem somos na realidade. Mostra a nossa essência. Podemos ativar o raciocínio para criar rotinas reativas mais tranquilas e inteligentes e desenvolver a qualidade do que estamos pensando.

Quando estivermos numa condição melhor amanhã, estaremos com os olhos mais abertos, aptos a conhecer novos padrões de melhoria da nossa essência e poderemos avançar mais e mais. Este é o ciclo.

GEOGRAFIA DA VIDA

Assim como na Terra, cerca de 70% do corpo humano é formado por líquidos. Essa característica nos garante incrível maleabilidade e mobilidade. Somos capazes de manter a matéria do corpo condensada o suficiente para direcionar as suas partes de modo independente.

Um dia tivemos que aprender, através do comando cerebral, a mexer um dedo. De tanto repetirmos isso, hoje as nossas movimentações de todo o corpo já estão em nossa essência e não precisamos ficar planejando como vamos movimentar as nossas mãos, isso já acontece instintivamente.

Com o domínio de nosso corpo, pudemos atingir a condição de realizar tarefas mais sofisticadas, que envolvem a participação de todo o corpo simultaneamente, como, por exemplo, conduzir um veículo. Para dirigir usamos praticamente tudo em nossos corpos.

Já sabemos o que é bom, positivo, construtivo, realizador, e é possível dar grandes saltos inserindo em nossas essências essas qualidades.

Não dependemos de nada para isso. Procure agir hoje, agora.

CAPÍTULO XIII

ASSISTÊNCIA

Existem várias formas de ajudar alguém disponibilizando alimento, roupas, abrigo e dinheiro. Essas são as mais primárias e quase sempre emergenciais.

Nem sempre esse tipo de assistência é oferecida apenas para quem tem dificuldades financeiras. A metodologia de dar sem questionar sobre "ensinar a pescar" também chega a pessoas com mais recursos.

Quando se trata de ajudar oferecendo educação, estamos dando a chance de a pessoa aprender a discernir sobre o que quer e o que vai fazer para conseguir.

A melhor forma de assistir uma pessoa é esclarecê-la da maneira mais ampla possível sobre os variados aspectos da vida. De preferência, passando à frente a VRP – Verdade Relativa de Ponta, onde ao invés de dar o peixe – uma operação emergencial, assistencialista e que cria dependência – ensinamos a pescar com a mais avançada informação, dando condição ao assistido de resolver seus próprios problemas.

ESCLARECIMENTO EM ESCALA

As suas experiências podem ajudar muita gente em todo o mundo. Ao escrever um livro, por exemplo, pode-se estar fazendo uma assistência a alguém sem mesmo conhecer a pessoa. É uma maneira indireta e que leva a informação em bloco para milhares de pessoas.

O mesmo acontece quando um apresentador de programa de TV resolve fazer uma reportagem sobre métodos organizacionais, temas científicos ou prevenção de saúde, por exemplo.

A importância que os veículos de massa como jornais, revistas e internet têm é muito grande simplesmente por ter meios de esclarecer no atacado.

Nem sempre essa oportunidade é aproveitada e muito é perdido com a transmissão de matérias e programas que não somam, mas, sim, o contrário.

De qualquer modo, veículos que possam levar o conhecimento de valor a um grande número de pessoas, tornam-se super-aliados para a difusão de instrumentos em prol de uma vida melhor. Estar atento a isso fará diferença para aproveitar oportunidades.

DIFICULDADES E SOLUÇÕES

Por mais que as dificuldades pareçam um enorme monstro invencível, paradoxalmente, os problemas só surgem quando estamos preparados para enfrentá-los.

Contribuir para que as pessoas possam compreender esse processo é dar assistência de alta qualidade.

A dificuldade sempre existirá. A presença ativa diante dos desafios da vida é a oportunidade que temos de achar novas soluções e aumentarmos o padrão de qualidade em nossas ações.

CICLO DE ENFRENTAMENTO E DESENVOLVIMENTO

Repare, **sempre que vencemos uma dificuldade, outra de maior intensidade aparece. Há um processo evolutivo em andamento o tempo todo**. E são as oportunidades de solução que as dificuldades nos oferecem que nos dão a chance de avançar.

Evidentemente, para que as soluções comecem a fazer parte da nossa essência, é preciso que passemos muitas vezes por situações parecidas e avaliemos os resultados das ações que aplicamos. Depois da maturação, nossa resposta aos problemas será rápida e eficaz.

Diante desse quadro, o melhor que se pode fazer para ajudar alguém em dificuldades é incentivar a enfrentar o problema, sugerindo, se for o caso, algumas opções de ações.

Veja, não é decidir pela pessoa, mas sim dar alternativas de acordo com a sua experiência pessoal, alimentado-a com informações para que ela possa reagir às dificuldades de acordo com o seu próprio pensamento.

Assim, estaremos ensinando a pessoa a decidir por si só e, com o tempo, ela aprenderá a não precisar de tanta ajuda. Ela saberá que tem condição de resolver os seus problemas.

Independência e liberdade de ação sem medos ou fraquezas, são heranças de um comportamento que privilegia o enfrentamento e a experiência. Assim, a pessoa sai da condição de pedinte que muitos insistem em carregar pela existência à fora. Não somos pedintes. Não vamos à escola para pedir para passar de ano e sim para aprender e passar de ano.

Ao compreender todo o ciclo, muda-se o ponto de vista sobre a dificuldade. E sempre que acontecer, será um momento ótimo para melhorar as habilidades na condição de aprendizes que somos.

O ideal é experimentar muito, e será normal cometer erros. Mas só chegaremos a conclusões construtivas através do conhecimento das opções que temos. Para que isso aconteça só existe um jeito: experimentar.

AUTO-ESTIMA

Quem pratica esse tipo de ajuda onde o principal é encontrar valor no ego na pessoa assistida, percebe que a auto-estima de ambos aumenta.

Por outro lado, dar às pessoas coisas materiais porque aparentemente estão precisando muito, dependendo do caso, pode criar um ambiente de extrema dependência e manter o assistido no mesmo lugar por muito tempo.

Isso ocorre porque a necessidade imediata está sempre sendo coberta por alguém. Com o tempo, **a pessoa que está recebendo essa "esmola" acha que depende disso para sobreviver e acaba por não sair mais dessa condição**. **Às vezes isso acontece por toda a vida**.

O melhor é procurar fazer com que as pessoas que estão paradas esperando ajuda consoladora se movimentem em prol de si mesmas e possam vencer as suas dificuldades.

Essa é uma maneira de transformar o ambiente no qual vivemos e de fazer crescer a própria auto-estima.

Assim, vamos compartilhar momentos com pessoas mais felizes, sadias, desafiadoras, independentes, otimizadoras e fortes para enfrentar os seus próprios problemas.

EQUIPE SADIA

Um grupo sadio e entrosado é capaz de apresentar soluções de extrema valia para o desenvolvimento da empresa.

A comparação e combinação de informações independentes geridas pelos integrantes de um grupo poderão fazer surgir soluções inovadoras e que só a junção das idéias diferentes teria a condição de produzir.

Do mesmo modo que as nossas experimentações poderão nos ajudar a concluir sobre o melhor caminho a seguir, as diversas experiências de toda uma equipe poderão apontar para soluções de modo muito rápido e eficiente.

O ENCONTRO DAS TEIAS

O processo criativo funciona a partir dos experimentos de cada um. Chamamos de "teia criativa" o conjunto desses experimentos. Esse processo se torna maior quando duas pessoas interagem e fica gigante quando percebido em um grupo.

Quando falamos de ambientes onde convivem grupos de pessoas, veja o quanto aumenta a chance de evoluir a partir das investidas de cada um dos integrantes.

Encontrar pessoas em um grupo que estejam com disposição para desbravar as fronteiras do próprio conhecimento é mais difícil do que encontrar pessoas que prefiram se manter onde estão sem dar maiores sinais de desenvolvimento. Porém, **o papel de quem está lúcido quanto à evolução pessoal e do grupo, é o de promover a movimentação dessas pessoas em prol de uma condição melhor para todos**.

Se você já tem essa lucidez, pense no seguinte: todo grupo está em defasagem sobre si mesmo. Portanto, sempre há o que fazer para melhorar.

Existe a alternativa de seguirmos sozinhos e concentrados na própria evolução. Porém, podemos estar perdendo oportunidades valiosas de conhecer informações diferentes sobre vivências de outras pessoas. Informações que poderiam enriquecer de sobremaneira o nosso próprio banco de dados de experiências.

Isso caracteriza perda de tempo. **Se não damos a oportunidade a nós mesmos de conhecer outras versões de experimentos feitos por outras pessoas, teremos necessariamente, um dia, de passar por essa vivência para entendermos como ela funciona**.

ROTINAS PARA O MELHORAMENTO DAS ATIVIDADES

Na maioria das vezes nossas ações ainda são impulsivas. A proposta de AEAA é de mudar a estatística e passar a ter a maioria das atitudes baseada em conceitos incutidos antecipadamente por meio do **raciocínio lógico**.

Em um momento de reflexão sobre as suas atitudes e a qualidade delas, você poderá determinar antecipadamente como agir e reagir nas suas situações do dia-a-dia, moldando para si um comportamento mais polido e responsável.

Todos nós sabemos o que é melhor ou pior. Ao fecharmos um acordo conosco mesmos de agirmos conforme um planejamento pessoal, estratégico e pró-evolutivo, estaremos promovendo a implantação do hábito a partir de uma posição racional prevista anteriormente.

HÁBITO RACIONAL PROVOCADO

A força do hábito racional provocado nos leva à condição dessa ação um dia se tornar natural. É um momento em que não se depende mais do raciocínio em si, simplesmente faz-se o melhor, naturalmente, porque foi assim que foi decidido fazer em um tempo atrás.

Dessa forma, **você pode decidir hoje por várias atitudes positivas, de alto valor profissional e pessoal, de forma absolutamente racional. E no futuro colher os frutos dessa decisão, sendo uma pessoa naturalmente melhor**.

Com certeza você já sabe o que precisa ser melhorado em suas rotinas de trabalho e relacionamentos. Não perca tempo, defina hoje mesmo os seus novos hábitos e pratique-os com determinação até que eles se tornem naturais em você.

Contudo, é comum sentirmos uma queda pela desistência durante o processo por não estarmos adaptados às mudanças provocadas por esses novos hábitos. Não estamos acostumados a sermos profissionais conosco.

Isso ocorre porque temos a liberdade de abortar o compromisso pessoal evolutivo na hora que bem entendermos e só há um jeito de vencer o problema: disciplina ditatorial para executar as suas próprias resoluções.

No momento que os seus bons e polidos atos aflorarem em você com naturalidade, essa pressão da ação racional, imposta por uma forte disciplina pessoal, desaparecerá.

E ações mais inteligentes e maduras, agora originárias do seu instinto, farão parte da sua natureza.

USANDO A METÁFORA PARA TORNAR A SUA IDÉIA VISÍVEL

Metaforizar é, através de uma estória, explicar uma situação de forma mais figurada e entendível. É uma maneira muito útil de exemplificar uma idéia sofisticada e complexa.

Falar sobre um relógio e suas peças para explicar como funciona um processo de minipeças e maximecanismos é uma metáfora simples que explica um conceito mais sofisticado.

Falar sobre um monte de pessoas em pé, sem se mexer, em uma piscina de água absolutamente parada, todas respirando apenas pela ponta do nariz, para exemplificar o quando a mudança (o movimento que provoca a entrada da água no nariz dos outros) de uma delas incomoda tanto as outras pessoas, também é uma metáfora simples para explicar algo mais sofisticado.

Essas associações de idéias tornam o entendimento mais fácil e servem para ajudar a passar informações importantes de modo mais simples para o seu grupo pessoal ou profissional.

Às vezes as pessoas só entendem através dessas conversões.

O ideal é que você possa começar desde já a colecionar metáforas explicativas para que tenha na manga sempre alguma história simples e prática para fazer com que as pessoas entendam a sua idéia.

Na teia do conhecimento, para unir conceitos entre as pessoas de um grupo, a metáfora é uma ferramenta de comunicação extremamente poderosa.

Quem tem a informação pode e deve usufruir de todas as ferramentas para fazer com que os outros entendam a sua mensagem. A metáfora é um desses instrumentos. Use-a!

O EMISSOR DA INFORMAÇÃO

A responsabilidade pelo entendimento da informação é sempre de quem está passando os dados e não de quem

está recebendo. Não adianta reclamar da inexperiência, imaturidade ou incompreensão de quem está do outro lado da linha. Se o objetivo é transmitir os dados e se fazer entender pelo receptor, e isso não acontece, quem erra é o emissor da informação.

COMANDO E CONTROLE

Há relações de comando e controle na esfera familiar e a maneira de conduzir isso confunde assistência com domínio.

Qualquer tipo de impedimento imposto é um entrave para a evolução tanto para quem controla quanto para quem é controlado. **Para todo prisioneiro há um carcereiro. Quem prende tem que vigiar, portanto, está preso também**.

Se há a necessidade de haver um limite, que seja estabelecido pela pessoa interessada nele, para ela mesma. Esse tipo de contenção só diz respeito à pessoa interessada e ela deve decidir como quer atuar.

Costumamos nos envolver com o parceiro atuando com excessos possessivos e doutrinadores que limitam as ações das nossas companhias e, também, nos fazem prisioneiros dessa situação.

Cada pessoa tem a sua vida. É melhor que a união aconteça e seja mantida por vontade das partes e não pela pressão de uma delas.

Na família, quando há a pressão ditatorial, ela é sustentada pela força física (bruta) ou financeira. Nos novos tempos, a segunda hipótese é a mais difundida, mesmo porque já existem mecanismos de defesa do direito dos cidadãos.

Há que se tomar grande cuidado com a ditadura. Muitas uniões amorosas vão mal pelo desequilíbrio financeiro entre o casal e, também, pelo reflexo disso nas atitudes de comando e controle comuns em situações assim.

Um parceiro, seja em que sentido for, serve para ajudar a construir e para tornar mais rápido o desenvolvimento de ambos. É importante preservar o respeito e a autoridade moral individual independente da condição financeira de um ou de outro. Porém, só consegue agir com equilíbrio e sabedoria quem tem maturidade para anular a força do poder financeiro e o controle que ele proporciona.

Assistir financeiramente uma família, não dá o direito de escravizar psicologicamente nenhum de seus membros. Dar condição de desenvolvimento é o propósito maior. Evolução tem relação direta com independência, liberdade e responsabilidade.

O controle (comando) sobre a esposa ou o marido, sobre os filhos, colegas de trabalho e outros, quase sempre está ligado a um processo de dependência financeira que torna esse grupo sem recursos despreparado para viver a própria vida. **Não tendo controle sobre si mesmos, pessoas dependentes acabam não se considerando responsáveis pela própria evolução e, não havendo motivos para isso, seus destinos acabam projetados pela vontade do mantenedor ou mantenedora**. Como consequência disso, é comum encontrar adultos dependendo da mãe ou do pai para sobreviver e, também, eternos funcionários obedientes sem vontade ou opinião própria, que topam tudo para se manterem acolhidos pelo mantenedor.

Existem pessoas assim, que mandam, controlam, cerceiam, tolhem, aprisionam e fazem isso para se sentirem bem. Erroneamente, transformaram o domínio sobre outras pessoas em alimento para a própria alma.

VINGANÇA

Em muitas oportunidades os ditadores são vingados pelas costas no momento em que se viram para outros afazeres. Esposas, maridos, filhos, subordinados e todos na lista de dominados podem se transformar em inimigos sem que a autoridade autocrática perceba. Por isso é que quem controla acaba preso. Tem que ficar de olho em todos sem poder dar as costas.

Contudo, os rebeldes sempre surgem e são a esperança de revisão do modelo de comando e controle opressor e primitivo.

A coragem, a fuga, o desprendimento, o enfrentamento e o exercício do direito à liberdade, são remédios capazes de assistir o ditador.

ASSISTÊNCIA ALHEIA

Às vezes nos pegamos em uma condição de depender de certos atos e situações para que as coisas caminhem bem. Isso se chama superstição.

Quando aceitamos essas condições, estamos autorizando que acontecimentos externos possam influir em nossos destinos.

Parece muito infantil que ver um gato preto seja sinal de que coisas ruins acontecerão. Mais sério do que a presença do gato é o registro que a nossa mente faz sobre os supostos perigos.

Quando condicionados pela superstição, a nossa mente é capaz de produzir uma situação tremendamente desfavorável a nós mesmos.

Isso se dá porque ainda somos demasiadamente inseguros e muitos preferem acreditar no oculto do que confiar em si mesmos.

SUPERSTIÇÃO

Na verdade nada disso existe. **O que existe mesmo é o nosso medo de que a possibilidade de dar errado passe a ser de ser de 100% no momento em que um fato supersticioso acontece**.

Veja como somos bobos. Uma cigana bem séria chega perto de você e diz: – meu amigo, você tem apenas sete dias de vida... Me desculpe, mas eu precisava lhe dar essa informação. E sai andando rapidamente.

Aparentemente isso não lhe atinge tanto. Mas, a cigana resolve lhe seguir e 3 horas depois, em um outro local, ela aparece repentinamente na sua frente e some de repente sem nada dizer.

Como você estaria se sentindo se isso fosse real? Você seria capaz de resistir à tentação de verificar com ela a veracidade dessa informação?

No dia seguinte você a vê do outro lado de uma movimentada avenida, fazendo um sinal de seis com os dedos para você.

Dois dias depois, uma coincidência promove um encontro com a cigana num elevador de um prédio comercial. Ela apenas lhe olha profundamente.

Será que realmente não estaria preocupado?

Passando por isso, para muitos, os próximos três dias seriam de medo tomando conta da mente e de desespero provocando disfunções orgânicas generalizadas. E você? Se aceitar os argumentos da cigana, talvez o que passe em sua mente seja que a possibilidade de morrer nos próximos dias beire os 100%.

Essa insegurança é provocada pelo desconhecido e qualquer pessoa sobre a qual não temos referência de conduta pode criar uma situação dessas.

Faltando dois dias para a fatalidade, a cigana é vista no parque segurando dois balões e quando olha para você, solta um deles.

Quando falta um dia, ela está sentada num banco de praça esperando o seu contato, momento em que pede dinheiro para livrá-lo da morte.

Para que toda esta estória aconteça, basta escolher o "panaca" e premeditar as ações detalhadamente.

Da mesma forma que isso atinge o nosso íntimo, o fato de acharmos que só conseguiremos fechar determinado negócio se fizer sol, nos levará a estar atrelados a esse fato para o realizarmos.

Se não permitirmos, essas superstições não terão influência sobre as nossas atitudes e não farão diferença sobre os erros e acertos. Por outro lado, se colocarmos a nossa mente a depender de algum fato místico para que as coisas dêem certo, não poderemos contar apenas com as próprias forças para vencer e seremos sempre dependentes de algo fora de nosso alcance para conquistar algo.

Toda assistência há que ser questionada. Não é difícil tirar proveito da ingenuidade alheia, assim como não é difícil golpear o moral de uma pessoa quando a ela foi dada uma ajuda financeira com segundas intenções.

A FORÇA DA PALAVRA

Se chegar para uma pessoa e disser a ela que é capaz dela bater o carro só porque não tem seguro, a depender do nível de insegurança da pessoa que escutou tal afirmativa, o fato pode acontecer no instante seguinte à falácia.

É importante cuidar do que a sua mente está produzindo e a sua boca falando. A palavra tem força e o exemplo acima demonstra bem isso.

Se você tem algo a dizer, que seja bom, construtivo e baseado em fatos reais.

Quando falamos já estamos colocando em movimento os pensenes e, a mesma força que eles têm para provocar algo negativo, têm, também, para fazer brotar as coisas positivas.

Assistência necessita de energia. Assim, quando quiser gerar coisas boas para si e para os outros, diga isso com todas as letras. A palavra é a assinatura do seu desejo. Por isso ela vale tanto.

Quando quiser algo, fale! Mesmo que tenha apenas você como ouvinte.

ESTRESSE PROVOCADO

Quem é vítima fica sem condições de dar assistência.

Alguns, especialmente chefes, apresentam com orgulho à equipe de trabalho e à família o estresse pessoal provocado – aquele advindo de uma demanda inexistente, cujo objetivo é mostrar que é um elemento chave na organização ou no lar – num exercício de afago à auto-estima que não tem qualquer valor.

Justificar a própria importância com demandas ilusórias porque isso faz bem ao ego não vai fazer ninguém mais importante. É preciso ser realmente importante para se ter esse valor.

Essa é uma situação que, além de demonstrar vitimização, mascara a verdadeira necessidade de trabalho, podendo provocar um esforço extra da equipe sobre uma demanda inexistente, impedindo uma relação verdadeira entre as pessoas do ambiente. Esse tipo de conduta dá abertura até mesmo para o deboche.

VÍCIOS

Quem não tem o controle sobre drogas, álcool, cigarro e outros, pode estar demonstrando, entre outras coisas, não ter um bom domínio sobre as ações físicas pessoais, fator esse primordial para o desenvolvimento de hábitos mais sadios e renovadores.

Mesmo que o viciado tenha certo grau de conhecimento, terá problemas em dar segurança à pessoa que está sendo assistida. É um processo parecido com a situação na qual o médico se apresenta fumante, ou o *personal trainer* gordo, ou o instrutor de auto-escola bêbado. O que esperar de um professor que não aprendeu a se livrar de problemas básicos?

Sabemos que beber vai nos tirar a lucidez e uma melhor condição de análise sobre os fatos que surgem em nossas vidas. Pode nos causar doenças e provocar acidentes de toda ordem.

Sabemos que temos o controle de nós mesmos e podemos parar o ato de pegar um copo com bebida ou, também, cigarros, que mais cedo ou mais tarde, deixarão as suas terríveis marcas, na traquéia, pulmão e boca, entre outras partes possíveis.

Se esta é a sua condição, saiba que pode parar o movimento da mão e não mais pegar esse cigarro ou o copo derradeiro. O controle sobre isso é seu porque quem manda em seu corpo é você.

A mesma coisa se dá com drogas. Todas as dependências podem ser eliminadas de nossas vidas a hora que quisermos, sem que para isso haja a fermentação de muito papo ou filosofias sobre o assunto. Contudo, se aceitar a dependência química como algo intransponível, haverá um prejuízo grande relativo ao domínio pessoal que poderá comprometer todo um possível desenvolvimento. Todos têm competência para vencer esses desafios.

Veja como somos sofisticados. Nosso corpo é o máximo em modernidade e tecnologia. É justo pegarmos toda essa perfeita complexidade e a deixarmos dependente do vício de qualquer natureza?

Os viciados geralmente argumentam prazer, deficiências psicológicas e outras bobagens como desculpas até que com certa mestria para se manterem no vício. Todavia, não percebem que isso demonstra claramente qual o nível de domínio que essas pessoas têm sobre si mesmas. Contra fatos não há argumentos.

Aceitar e reagir contra o mal que o vício faz ao corpo e à mente é mais coerente com a evolução. Evitar ser controlado por um pedaço de rolo de fumo, um copo de álcool ou qualquer outro vício, condiz com o livre-arbítrio incondicional e o mando soberano que tem sobre si mesmo.

A grande ilusão do viciado é achar que é ele quem está dominando a situação. Se for esse o seu caso, pense bem sobre o que realmente quer: controlar ou ser controlado.

CAPÍTULO XIV

Planejamento e Objetivo em Longo Prazo

Repare que, quando você se propõe a comprar um jogo de ferramentas para efetuar um determinado trabalho, você automaticamente planeja o processo dessa compra.

Antes de comprar é preciso pegar uma condução, ir ao banco, tirar a quantia necessária, visitar pelo menos três lugares comparando os preços e a qualidade dos produtos, comprar efetivamente, tomar a condução de volta... Pode ser que você não se toque para todo esse planejamento, mas a verdade é que ele é feito e depois executado.

O exemplo se refere a uma pequena tarefa de duas ou três horas de apenas um dia de sua vida. Repare no número de ações que foi preciso fazer para que o objetivo final fosse alcançado.

O exercício mental que segue pode parecer um exagero, mas imagine uma situação de planejamento para dez, quinze, talvez vinte anos de sua vida. Seria necessário traçar seus objetivos no papel, dirigir seus passos por etapa, calcular prazos para a execução destas etapas, revisão e estudos periódicos sobre os resultados alcançados.

Mas para quê tudo isso?

Volta e meia em empresas se ouve a expressão "foco", e é disso que estamos falando. Nessas companhias **o planejamento é feito para manter os esforços num foco previamente definido com o objetivo de não desperdiçar energias em**

outras direções. Quanto já foi perdido por não termos um foco pessoal orientador pré-definido?

Estando em uma empresa, seja qual for o ramo, tente se projetar em situações de longo prazo. Questione-se: se eu me tornar um funcionário de muita competência, onde poderei chegar nessa empresa? Especializando-me em vários níveis de funções, qual seria o meu ponto máximo? O que eu quero ser aqui? Quais as oportunidades que posso gerar para mim mesmo?

Não há limites, a sua vontade pode estar ligada ao conhecimento de línguas, informática, administração ou qualquer outra coisa, o que importa é você traçar metas dando condições de se capacitar a assumir profissionalmente aquilo que você um dia planejou. Dê um prazo limite para o alcance das metas e comece já a trabalhar pelo seu objetivo final.

Lembre-se: se a empresa crescer, ela vai precisar de gente competente para assumir novas frentes que antes não existiam, que tenha a experiência e a confiabilidade necessárias para assumir as responsabilidades consequentes do desenvolvimento.

Se estiver apto ao trabalho, será o primeiro a ser chamado.

Invista em cursos que tragam conhecimentos de tecnologia simples ou sofisticada, mas que sejam de fácil aplicabilidade.

Não pare de procurar conhecimento de última geração. A informação que contenha a última novidade sobre os assuntos da sua profissão será um importante instrumento para o seu desenvolvimento. É preciso procurar, encontrar e aplicar.

No decorrer de dez a vinte anos, dependendo do nível da sua vontade, esforço, perseverança e motivação, aplicando conhecimentos de ponta sempre, você terá alcançado o que parecia impossível – o seu objetivo máximo.

Existem vários momentos profissionais no decorrer da vida. E a cada degrau do processo é necessário buscar a especialização máxima possível naquilo que se decidiu fazer, sedimentando a informação dentro de você.

Estando numa fase de atendimento/vendas ao consumidor, trabalhe para se tornar o melhor. Em uma fase de supervisão, se especialize ainda mais, estude. Se você já é um superintende, tem ainda muitas e novas tarefas que precisam ser melhoradas. A cada cargo se acumulam novas responsabilidades; a cada cargo é preciso começar novamente o processo de especialização.

A EMPRESA COMO FERRAMENTA PARA O DESENVOLVIMENTO

O processo de aumento da qualidade profissional, quando visto de maneira didática por quem quer evoluir, tem um enfoque totalmente diferente da normalidade.

Se você está em uma empresa com a intenção de aprender, usando-a como uma universidade cheia de faculdades prontas para serem exploradas, ainda recebendo recursos para desenvolver projetos próprios e, além disso, sendo remunerado, o ponto de vista com relação à empresa muda totalmente. A empresa passa a ser uma escola que lhe paga para estudar.

Se você está na empresa para executar o que lhe foi passado e no final do mês receber um salário pelo que fez, estará sempre em subnível relativo ao que poderia desenvolver, julgando o salário muito baixo e reclamando de forma demasiada sem saber do que exatamente.

A empresa pode ser o seu laboratório de pesquisa pessoal.

Todas as empresas têm grande necessidade de contratar pessoas que possam criar e desenvolver novos caminhos.

A oportunidade de encontrar estes caminhos estará em suas mãos a partir do momento em que você se propor a trabalhar com a intenção de ser aluno, pesquisador e empreendedor de novos projetos.

Quando se faz o papel de empregado, que só faz o que lhe mandam, fica praticamente impossível desenvolver algo novo.

A TRANSFORMAÇÃO

Encarar a empresa como instrumento para a profissionalização é mais inteligente e muito menos cansativo

do que vê-la como um peso que todos os dias tem de ser carregado. O lugar onde você passa a maior parte de sua vida não é para ser um fardo.

Os estudos contidos em AEAA já revelaram que existem muitas ferramentas para que você possa começar a mudar o seu ambiente profissional e pessoal, além da própria vida.

Com essas ferramentas você poderá ajudar a transformar o local no qual trabalha em um lugar mais leve e alegre, e os ambientes pessoais mais aconchegantes e participativos.

REMUNERAÇÃO

O conhecimento prático gera recursos intelectuais porque carrega com ele informações e experiências vividas no dia-a-dia. E com informações se faz associação de idéias. Associação de idéias gera novidades. Novidades geram dinheiro, que é o meio mais utilizado para a remuneração do conhecimento.

Então, repare se o seu dia-a-dia está automatizado, ou seja, se você repete a mesma coisa, sem tirar nem por, todos os dias.

Pense sobre a última vez que tenha criado e colocado algo em prática. Se as suas atitudes são repetições das do dia anterior, o seu trabalho está sendo braçal e não intelectual. Se estiver inovando e solucionando questões a cada segundo é sinal de que o seu trabalho está sendo feito com inteligência.

Quanto mais se cria, mais possibilidades de associação de idéias, mais experiências vividas, mais conhecimento a ser remunerado.

Exemplos de pessoas que vivem superando as barreiras da tecnologia e ganhando muito dinheiro com isso, são inúmeros. Mas o inventor do "Windows", Bill Gates, da "Apple", Steve Jobs, e os meninos do "Google", Larry Page e Sergey Brin, que já viraram casos clássicos apesar de serem novos, devem ser expressamente citados devido à abrangência de sua penetração.

Suas empresas atuantes na área da informática faturam anualmente mais do que todos os brasileiros têm guardado na poupança e aplicado nas bolsas de valores do Brasil, num campo de recompensas onde a remuneração é baseada no trabalho exercido pelo conhecimento.

Você conhece alguém que ganhe tanto com serviços braçais?

Então o segredo está na mente, no estudo e vivência da prática de novas teorias.

Para que isso aconteça é necessário estar com as VRPs – Verdades Relativas de Ponta, em dia. Ou seja, a última informação sobre o assunto que está sendo estudado é o que vale para tirar novas conclusões e alcançar idéias originais.

É um trabalho de cientista, de pesquisador, que certamente valerá o esforço para conquistar a total independência financeira através do conhecimento.

AÇÃO PRÁTICA

Crie hábitos sadios. Escreva-os de uma forma organizada em uma folha de papel e deixe bem à vista para que possa ler e reler todos os dias.

Crie rotinas inteligentes, definindo quais os pontos do seu dia-a-dia podem ser melhorados hoje. Pense, também, nas coisas mais simples e bobas como o caminho que você utilizará para chegar à padaria. Pense em melhorá-lo. O que perceber de diferente e inovador, registre para estudar e aperfeiçoar a idéia. É com esses novos conceitos que temos informações para gerar novidades.

Anote tudo que seja de difícil memorização. Não tenha vergonha disso. Nossa memória pode estar em dificuldades, mas a escrita sobre o papel é capaz de manter informações valiosas para o resto de sua vida. Quando precisar da informação, ela estará à sua disposição no lugar onde fez o registro.

Trabalhe em grupo. O resultado do trabalho feito em conjunto é infinitamente superior ao trabalho individualizado.

Faça uso de toda tecnologia que estiver ao seu alcance. Invista em mecanismos para experimentá-la. Isso o manterá em sintonia com o que há de mais moderno, formando novas redes de conexões de idéias.

Analise as suas atitudes. **Pratique autocrítica a toda hora. Pense na qualidade do que vai fazer. Pense na qualidade do que fez. Pense se era o melhor que podia ser feito**.

Mantenha-se em evolução constante. Não pare por nada o seu processo de desenvolvimento pessoal.

Todas as suas atitudes lhe dão títulos para melhor ou para pior. São as suas ações que lhe dão valor tanto pessoal quanto profissional, independente se há alguém olhando essa atitude ou não. Se jogar um papel no chão, estará sendo pior do que se jogar o papel no lixo, pouco importante se está sendo observado ou não. **Pense e aja de acordo com o que quer ser**.

Faça do seu trabalho o seu lazer, a sua diversão, o parque de desenvolvimento pessoal e profissional. Assim, a sua vida será de prazer o tempo todo. Chato vai ser não fazer nada.

Corra atrás do significado das coisas. Não deixe ficar em branco o que você não entendeu. Pergunte, discuta, troque idéias, ponha a mente em ação questionando tudo a todo instante.

O que foi proposto em AEAA precisa ser aplicado por uma ação determinada, objetiva, sem dramas ou repressões. É preciso agir inserindo a teoria na prática, mudando os padrões antigos através da movimentação dos processos individuais e grupais. Experimentando, avaliando resultados, modificando estruturas.

A sua ação prática criará uma ressonância, um repique nos seus ambientes de convivência que nem você mesmo pode imaginar.

Isso vai ficar evidente para as pessoas que estão à sua volta, na sua qualidade energética individual, na velocidade do seu desenvolvimento, na interação do seu grupo de convívio, na captação de conhecimentos, na capacitação de avaliação e associação de idéias, na originalidade de criações, na formação de equipes, nos processos de melhoria contínua, busca do erro zero e eliminação do retrabalho individual e grupal, na qualidade e rapidez dos serviços executados, em quem recebe e avalia o seu trabalho, na aceleração da facilidade para aprender novas coisas, na criação de uma nova vontade para os estudos, no desenvolvimento da autocrítica, na visão das oportunidades que sempre estiveram à sua disposição e no alcance da liberdade e independência através do conhecimento.

Releia esse material quantas vezes achar necessário. A cada leitura alguma coisa nova é visualizada e você poderá se aperfeiçoar cada vez mais.

Desde já, parabéns por começar a agir. Mãos à obra!

EXTRA

Fórmulas para relembrar conceitos e praticar ações de qualidade:

FÓRMULA PARA A MELHORIA DA QUALIDADE DA AÇÃO

ESSÊNCIA ATUAL		ATITUDE PROGRAMADA		ESSÊNCIA RENOVADA
AÇÃO INSTINTIVA	→	HÁBITOS DE QUALIDADE	→	AÇÃO INSTINTIVA
FUNDO EMOCIONAL		FUNDO RACIONAL		QUALIDADE SUPERIOR

METÁFORA PARA ENTENDIMENTO DA FÓRMULA

Suponha que você não goste de escovar os dentes. Para você isso é muito chato (sentimento emocional). Porém, você chega à conclusão de que é necessário escovar os dentes por conta de todos os problemas que a falta de higiene provoca na boca. Então, você programa a atitude racional de escovar os dentes mesmo que não goste. Depois de muito tempo a atitude de escovar os dentes se tornará natural e você descobre que não pode viver sem a escovação.

A atitude de escovar os dentes passa a ser um movimento instintivo de melhor qualidade. Você, então, está mais bem posicionado na linha evolutiva porque responde a uma necessidade com uma atitude natural mais polida e madura.

FÓRMULA PARA A CONQUISTA DE VALORES

CONHECIMENTO
TEORIA + AÇÃO
PRÁTICA + EXPERIÊNCIA
ERROS E ACERTOS = VALOR

Toda teoria necessita de prática para verificar os resultados. Toda experiência necessita de várias tentativas para o entendimento de todas as variáveis existentes na situação. Essa bagagem é o que nos classifica como conhecedores e nos dá valor.

FÓRMULA DA CRIATIVIDADE

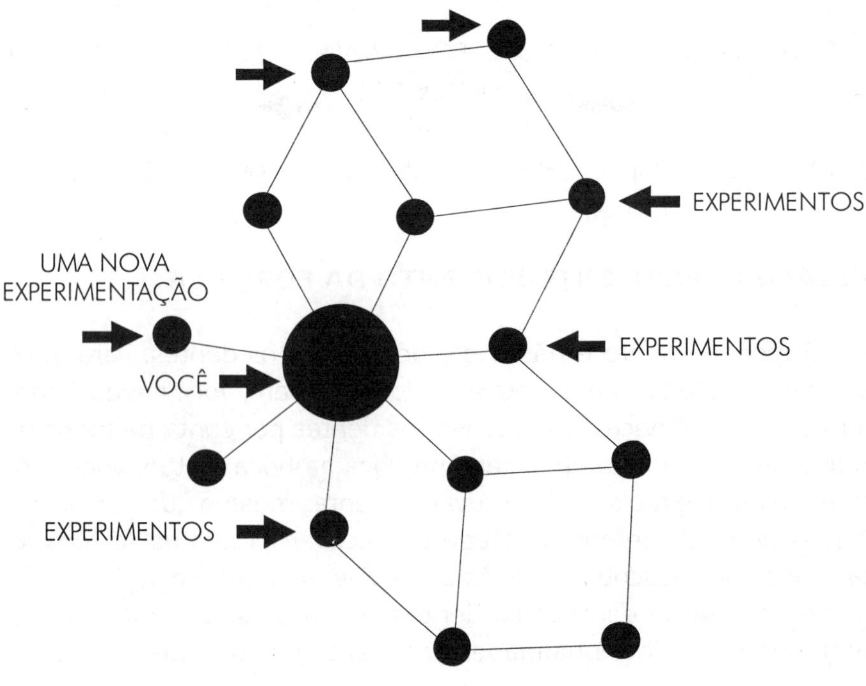

Na figura, cada uma das pequenas bolas é uma experimentação diferente e serve de fonte para o casamento de idéias.

Criar é ter a capacidade de juntar as informações e conceber algo novo. Sem o conhecimento das partes é impossível juntá-las para obter a criação.

Todo o conhecimento é trabalhado dentro cérebro, que faz as conexões informáticas e proporciona a famosa "eureka", anunciando o aparecimento de alguma descoberta. Tudo isso ocorre dentro de você.

FÓRMULA DAS SOLUÇÕES CRIATIVAS A PARTIR DE UM CONJUNTO DE PESSOAS

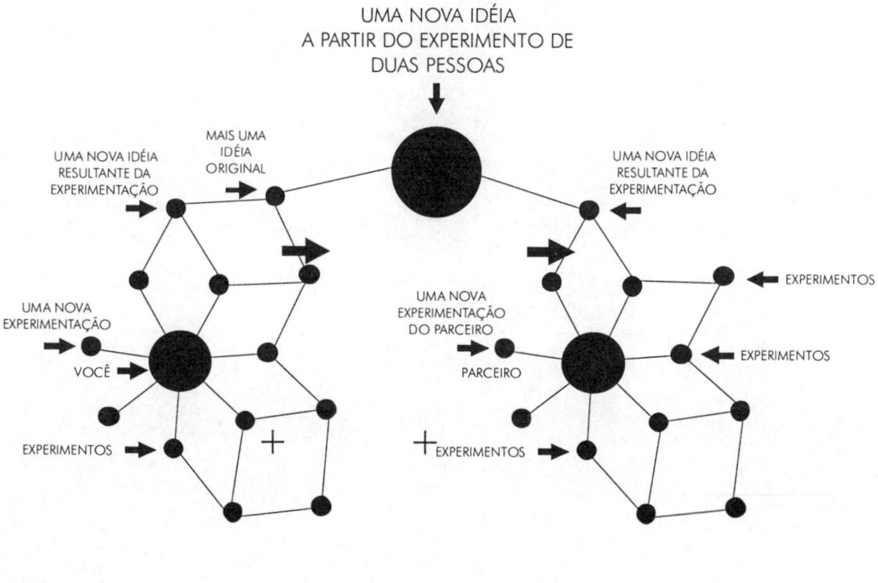

Por vivermos de modo individual, a nossa visão sobre os acontecimentos em geral é diferente das outras pessoas. E esse ponto de vista diferenciado é um dos melhores caminhos para se encontrar soluções originais em conjunto.

A idéia que você jamais teria por estar vendo a situação de um ângulo pode ser concebida por um parceiro que, em outro raciocínio, percebeu a solução. Inúmeros cientistas trabalham assim. E a grande maioria dos prêmios de ciências é dada para grupos de trabalhos de dois ou mais pesquisadores.

COMPARTILHAR

Tudo pode ser melhor se aprendermos a compartilhar as nossas forças, idéias e sentimentos. **Aprender a ser melhor é um movimento que se inicia na escolha de QUERER evoluir e termina nas mínimas atitudes do dia-a-dia**.

Entre a alegria e a tristeza
o amor e o ódio
o perdão e a mágoa
o socorro e o desprezo
a bondade e a maldade
o aprendizado e o ressentimento
o trabalho e a preguiça
a colaboração e o individualismo
o altruísmo e o egoísmo
a honestidade e a corrupção
a autenticidade e a falsidade
o respeito e a invasão
a amizade e a traição
o conhecimento e a robotização
o autodidatismo e o dogma
o experimento e a aceitação
a novidade e a rotina
a maturidade e a impulsão
a organização e a confusão
a qualidade e o mais ou menos
a atenção e o desleixo
o limpo e o sujo
a verdade e a mentira
a realidade e a fantasia
a prática e a teoria
a ação e o verbo
a preservação e o deserto
o equilíbrio e o exagero
a paz e a guerra
a espiritualidade e a matéria
o bem e o mal
existe a sua escolha

DECIDA O QUE VOCÊ QUER!

Em apoio à sustentabilidade à preservação ambiental, a LGE Editora declara que este livro foi impresso com papel produzido de florestas cultivadas em áreas não degradadas e que é inteiramente reciclável.